A Jen[illegible],

Merci de vous pencher sur cette belle histoire d'amour et de tolérance.

9-8-24

Au fait,
il faut que je vous dise

Chantal Cadoret

Au fait,
il faut que je vous dise

Roman autobiographique

Édition : BoD – Books on Demand,
12/14 rond-point des Champs-Élysées, 75008 Paris
Impression : BoD – Books on Demand,
Norderstedt, Allemagne
ISBN 9782322409136
Dépôt légal : Janvier 2022

Que conclure à la fin de mes longs propos ?
C'est que les préjugés sont la raison des sots.

Voltaire (1694 – 1778)

A Diego,

A Romain et Benjamin,

A tous les êtres extra-ordinaires qui ont le courage d'être eux-mêmes, envers et contre tous.

Préambule

Dans mon histoire, lorsque son fils lui apprend qu'il est homosexuel, la mère, effondrée, s'aperçoit qu'elle a passé plus de vingt ans à ses côtés sans voir qui il était vraiment.
Elle ne pleure pas parce qu'il aime les hommes, mais parce qu'elle n'a pas su l'accompagner et le rassurer, comme n'importe quelle mère devrait le faire.
Une histoire classique qui est peut-être aussi la vôtre. Ou celle de votre voisine.

Aujourd'hui encore, dans de nombreux pays, l'homosexualité est un délit, parfois passible de peine de mort.
En France, elle est légalisée. Mais on ne change pas les mentalités avec les lois et on ne peut, hélas, toujours pas échapper aux regards en coin et aux réflexions narquoises, voire haineuses, de la part de ceux qui se sentent plus normaux que les autres.

La famille de mon histoire est donc atypique. Unique aussi.
Comme la vôtre.
Ou celle de votre voisine.

C'est dans cette famille qu'un petit garçon a poussé son premier cri pour le plus grand bonheur de ses parents. Une naissance qui a demandé beaucoup de patience, de courage et de détermination.
Peut-être comme chez vous ?
Ou chez votre voisine ?

Vous avez parfaitement raison : mon histoire est l'histoire banale d'une famille remplie d'amour et de respect, comme l'est sans doute aussi la vôtre.
(Ou celle de votre voisine, oui, je sais).
À un petit détail près : cet enfant est né aux États-Unis, grâce à deux femmes et surtout à deux papas qui se sont battus comme des lions pour transformer leur rêve en réalité.

Une mère et un fils ouvrent leurs cœurs en toute simplicité. Ils parlent de leur combat, mais aussi de leurs différences, de leurs joies et de leurs peurs.

Vous avez le droit de ne pas être d'accord.
Vous avez le droit de ne pas aimer.
Mais vous n'avez pas le droit de juger avant de savoir. Parce que c'est l'ignorance seule qui mène à l'intolérance.

Einstein a dit que les préjugés étaient plus difficiles à désintégrer que les atomes.
Mais personne ne dit qu'il est interdit d'essayer.

Chantal Cadoret

Cela faisait longtemps qu'on ne s'était pas retrouvé tous les trois, Patrick, Raphaël et moi. C'était Raph qui avait lancé l'invitation. Il avait choisi un de ces petits restaurants à l'ambiance familiale, comme on les aimait, près de chez lui. Le diner battait son plein et la discussion était conviviale, chacun racontant les dernières nouvelles.

Après ses études, Raph s'était inscrit dans une école de théâtre. Il s'était spécialisé dans l'improvisation et jouait dans plusieurs spectacles. J'étais très fière de lui et j'étais sa plus fidèle groupie. Ce que je préférais, c'était ce moment où la lumière revenait éclairer la salle. J'adorais voir le public applaudir à tout rompre des acteurs fatigués, mais satisfaits. Le cœur rempli d'étoiles, j'avais envie de leur crier :

« Regardez, c'est mon fils ! »

Certes, je n'étais pas très objective, mais j'étais sincère. Patrick, mon mari, avait une relation plus réservée avec son fils et ne partageait pas toujours mon enthousiasme. Il aurait préféré qu'il choisisse une voie plus conventionnelle. Un vrai travail,

comme il disait. Alors, parfois, les conversations s'enflammaient et il fallait beaucoup de diplomatie pour rétablir le calme entre eux.
Ce soir-là, tout le monde était détendu. Raph parlait de ses projets avec excitation et tout se passait parfaitement bien jusqu'à ce qu'il s'éclaircisse discrètement la voix avant de lancer :

- Au fait, il faut que je vous dise...

Il marqua une légère pause et me fixa droit dans les yeux avant de finir sa phrase :

- Je ne suis plus célibataire.

Je me détendis. Depuis le temps que j'avais envie d'entendre cela ! Après sa rupture avec Éléonore, quelques années plus tôt, on ne lui avait plus connu de « fiancée ». On m'interpellait souvent à ce sujet :
« Il serait grand temps qu'il se trouve une femme, ton fils ! C'est bizarre qu'il reste seul, à son âge ! »
Personnellement, je ne voyais pas ce qu'il y avait d'anormal dans sa situation. Il était encore jeune, rien ne pressait. Il semblait heureux et épanoui. Pour moi, c'était l'essentiel. Cependant, pour couper court aux commérages, je répondais qu'il était en

couple avec le théâtre, et que c'était une maitresse très exigeante.
Évidemment, j'étais ravie de cette annonce, qui avait tout l'air d'être l'officialisation qui justifiait cette invitation. Patrick, qui pourtant adorait Éléonore, affichait un large sourire.
Il s'empressa de demander :
- Alors, comment s'appelle la nouvelle élue ?
Un silence plana sur la table. Raphaël, le regard toujours accroché au mien et d'un ton très assuré, répondit :
- En fait, ce n'est pas « elle », mais « il ». Il s'appelle Maxime.

Patrick marqua un temps, pendant lequel son visage se ferma, avant de remettre le nez dans son assiette. L'information me désarçonna, plus que je ne l'aurais souhaité. Je ne l'avais pas vue arriver. Pourtant, je devais réagir au plus vite, au moins pour masquer le mutisme de mon mari. Avec un sourire et un enthousiasme, un peu sur joués comme dans les mauvaises comédies, je lançai :
- Ah, mais c'est génial, ça !

Pourquoi était-ce la seule répartie qui me soit venue à l'esprit ? Plus pour meubler le silence qui s'était installé autour de la table que par curiosité, je posai les questions convenues :
« Qui est-il ? Que fait-il ? Depuis quand? ».
Je m'efforçais de paraître naturelle, mais j'étais assommée par cette nouvelle et je sentais qu'il allait me falloir un peu de temps pour l'assimiler.
Heureusement, nous étions presque à la fin de notre diner. Nous nous séparâmes donc peu après, peut-être plus rapidement que prévu.
Nous fîmes le chemin du retour en silence. Mon esprit était embrouillé, mon cœur était lourd. Je n'avais qu'une seule envie : me réfugier seule dans ma chambre pour comprendre ce qui venait de se passer.
Mon fils, avec lequel j'avais toujours été complice, aimait un garçon et je ne m'étais aperçue de rien. Je n'avais capté aucun indice et pourtant, ce Maxime semblait être dans sa vie depuis quelques mois, voire quelques années. Je l'avais même déjà croisé, m'avait-il dit, puisqu'il était présent, à toutes ses représentations théâtrales, depuis plus d'un an. Comment avais-je fait pour ne JAMAIS le voir ?

Pourquoi m'avait-il caché son amour si longtemps ? Avait-il eu si peur que je ne le comprenne pas ? Quel message lui avais-je donc envoyé pour qu'il n'ose pas me dévoiler cette relation ?

J'aurais moqué quiconque racontant cette histoire. « L'éducation, aurais-je assuré, c'est une affaire de confiance absolue. Une mère digne de ce nom doit voir ces choses-là. »

Aujourd'hui, je me sentais bien honteuse de n'avoir rien perçu. Cependant, je pensais à lui, mon enfant, et au courage qu'il lui avait fallu pour organiser cette mise en scène, seul face à nous ! Il s'était montré calme et détendu, mais il était très bon comédien. Avec le recul, je l'imaginais terrorisé par cette annonce. Je ressentais son émotion jusque dans mon ventre qui se tordait.

« Je ne suis plus célibataire ». Il m'avait regardée avec détermination, sa voix n'avait pas faibli et il n'avait pas failli. J'admirais sa force de caractère autant que je méprisais ma pitoyable réaction.

Comme toutes les mères, je rêvais pour lui d'un avenir simple avec une femme et des enfants. Un chemin classique. À la maison, nous n'avions jamais parlé de sexualité et pas plus d'homosexualité. Ce

n'était pas un sujet tabou, Raph devait bien le savoir. Cependant, il était un garçon plutôt pudique et je ne voulais pas m'immiscer dans son intimité. J'estimais que ce n'était pas mon rôle, mais plutôt celui de mon mari. En avaient-ils discuté ?
Et puis, très tôt, il était tombé amoureux. Avec Éléonore, ils formaient un joli petit couple qui avait traversé sereinement les sept années de leur vie commune. Lorsqu'il m'avait annoncé leur rupture, je lui en avais demandé la raison. Il était resté évasif. Je n'y avais rien vu d'anormal. C'était un premier amour, c'était dans l'ordre des choses.

Il avait passé les années suivantes toujours très entouré et ne semblait pas souffrir de son célibat. Sans vraiment évoquer ce sujet, je lui lançais parfois des perches, pour le mettre à l'aise :
- Tu peux amener qui tu veux à la maison, peu importe sa religion ou sa couleur. Mon seul racisme, c'est envers les cons.
Cela nous faisait rire. Je lui faisais confiance, il était trop sensible et trop intelligent pour une telle mésalliance. Bien sûr, je n'avais jamais précisé :
« Peu importe le sexe ».

Comment aurais-je pu le deviner ? L'avait-il espéré ? Avait-il souffert que je ne l'évoque jamais ?

Je me rappelais ces témoignages de jeunes homosexuels terrorisés par la réaction de leurs parents . Tout au long de ma carrière, j'avais souvent épaulé des élèves dans leurs démarches, me révoltant de la violence qu'ils subissaient, pour une histoire de sexe. Et nous voilà, aujourd'hui, dans cette situation.
Je pensais à tout ce que je n'avais pas vu, pas entendu, pas compris. J'aurais dû le rassurer, lui donner confiance et l'accompagner au lieu de le laisser se débrouiller seul avec son secret. Me tournant et me retournant, sans pouvoir trouver le sommeil, je songeais également à toutes les manifestations qui se déroulaient dans les rues de la capitale. Nous étions en plein vote de la loi sur le mariage pour tous. Les opposants à la loi, les bien-pensants, battaient le pavé sans relâche, scandant des slogans insultants envers les homosexuels. Il y avait aussi ces agressions qui se multipliaient et sur tous les réseaux, on voyait s'afficher les visages

tuméfiés de ces hommes pris à parti et frappés, sans aucune autre raison que celle d'être *différents*.
Les images se bousculaient dans ma tête jusqu'à la faire exploser. Aujourd'hui, il ne s'agissait plus seulement de personnes victimes d'intolérance. Il s'agissait de mon enfant et je ne supportais pas de le savoir dans le camp de ceux que l'on montre du doigt.

Je me recroquevillai dans mon lit. Je pleurais et hurlais en silence, non parce que mon fils aimait un homme, mais parce que j'avais peur qu'on lui fasse du mal. J'avais peur de la bêtise et de la méchanceté des gens. J'aurais voulu le protéger et éloigner ses peines, comme je l'avais toujours fait.
Mais ce soir-là, je me sentais exclue et impuissante.

Je suis fils unique, mais je ne me suis jamais senti seul. J'ai toujours été entouré de mes copains ou de mes cousines, que je considère comme mes sœurs. En tant que petit dernier de la famille, j'ai bénéficié d'un régime de faveur et je dois bien avouer qu'aujourd'hui encore, j'adore cela. Malgré tout, j'aurais bien aimé avoir un frère, au moins.

Ma mère était prof. Elle avait du temps à me consacrer. Je lui dois ma curiosité et, sans aucun doute, une partie de ma réussite. Quand il ne travaillait pas, mon père m'emmenait faire du sport ou passait des heures avec moi sur des jeux de société, notamment de stratégie. C'est probablement de là que viennent mon goût de la compétition et ma rage de gagner.

Je n'ai jamais eu à me plaindre de ma vie qui a été simple et agréable. Pourtant, je peux dire que je l'ai vécue, en grande partie, dans la clandestinité.

Je me suis aperçu que j'étais *différent* des autres, très tôt, vers l'âge de quatre ans. Au début, je n'avais pas conscience de ce que cette *différence* pouvait entraîner, mais en grandissant je me suis senti totalement incapable de l'assumer. Avec ma mère, on pouvait parler de tout, mais, curieusement, jamais de sexualité. Avec mon père, encore moins. Alors, j'ai refoulé mes désirs et mes doutes de toutes mes forces, au plus profond de moi, espérant les oublier à jamais. Je n'avais qu'une seule envie : être comme les autres.

À peine entré au lycée, j'ai rencontré Éléonore. Elle était un peu mon double féminin. Nous avions les mêmes goûts, les mêmes ambitions. J'avais quinze ans et j'avais une fiancée. J'étais heureux d'être enfin dans la norme. Je l'aimais bien sûr, mais je n'arrivais pas à ressentir ce désir fou dont tout le monde parlait. Je me disais que ça allait venir, avec le temps.

Après le bac, nous avons pris des décisions importantes pour nos études. Je suis parti en Chine, elle au Canada. Elle en était très affectée, cherchant même d'autres options pour éviter de trop longues séparations. Mais je réussissais à la remotiver. Les études devaient passer avant notre couple. Et puis, elle pouvait me faire confiance, je n'avais aucune intention de la tromper ! De mon côté, je n'étais pas

inquiet non plus. Au contraire, je me disais que ce serait peut-être une chance pour elle de trouver son bonheur avec quelqu'un d'autre.
Je n'avais aucune envie de lui faire du mal et, à force de persuasion, j'avais fini par croire que mes sentiments pour elle étaient sincères. Cependant, je me sentais tellement mieux lorsque j'étais seul ! Comme si je redevenais moi-même, sans faux semblants.
Après ma prépa, j'ai intégré une grande école d'ingénieurs. Se voir en tête à tête devenait de plus en plus compliqué, ce qui m'arrangeait bien. Pour mon année de césure, j'avais monté un projet de théâtre itinérant en Afrique. Cette fois, elle voulait faire partie du voyage. Nous étions quatre et les conditions étaient claires pour tout le monde. Nous étions une troupe, pas question d'être un couple.
Ce fut une année hors normes, pleine d'aventures et de découvertes extraordinaires, mais qui a signé la fin de notre histoire.
À notre retour, elle me pressait de prendre des décisions pour l'avenir. Nous nous connaissions suffisamment pour nous marier, avoir des enfants. J'ai paniqué. C'était absolument inenvisageable.

Même si je ne me sentais pas encore prêt à assumer ma *différence*, je ne voulais plus mentir. J'avais d'autres envies. Cette parenthèse africaine m'avait permis de comprendre que la vie pouvait aussi être exaltante. En tout cas, celle que je désirais avoir : je voulais être comédien et vivre de mes rêves.
Nous nous sommes donc séparés « d'un commun accord », comme on dit pour amoindrir la douleur de celui qui ne l'est pas. Mes chaines enfin brisées, j'étais libre pour la première fois.

Peu de temps après, j'ai rencontré Maxime. Je suis tout de suite tombé amoureux de lui, et ma vie a soudain pris son sens véritable.
Lorsque nos regards se sont croisés, j'ai senti un étrange picotement au fond de mon cœur. Pendant toutes ces années passées auprès d'Éléonore, j'avais tellement essayé de le faire apparaitre que j'avais fini par croire qu'il n'arriverait plus jamais. Mais, devant ses beaux yeux bleus et son sourire franc, toutes les barrières ont cédé et j'ai enfin découvert l'amour.
Max a eu, à peu près, le même parcours que moi sauf que ses vrais désirs étaient encore plus verrouillés

que les miens. Nos débuts ont donc été timides et toujours emplis de doutes et de craintes.
Personne ne devait savoir. Pour tous, nous n'étions que deux copains.
Dans son entourage professionnel, l'homosexualité n'était pas dans la normalité et il redoutait qu'on puisse découvrir ses préférences pour les hommes. Dans le monde du spectacle dans lequel j'évolue, c'était plus courant. Cependant, nous devions d'abord intégrer l'idée d'être *différents* avant d'avoir le courage d'affronter le regard des autres. Max m'aimait, mais il avait beaucoup de mal à l'admettre. Il remettait régulièrement notre relation en question. Mais nous nous retrouvions toujours. Au lieu de nous séparer, chaque chute nous soudait. Jusqu'à ce que, nous trouvions, ensemble, la force de vivre cet amour au grand jour.
Nos *coming out* ont été progressifs. D'abord les amis proches, enfin les miens, puisqu'il restait encore sur sa réserve. Ce n'est pas si facile de sortir de soi à presque trente ans. Allaient-ils nous fuir ou, pire, nous mépriser ?
Il faut croire que nous avons choisi de nous entourer des bonnes personnes car il n'y a jamais eu

de paroles négatives de leur part. Au contraire, nos amis nous ont remerciés de leur faire confiance en leur révélant nos sentiments. Plus nous nous découvrions, plus nous étions forts et plus nous étions sûrs de notre amour.
Nous devions maintenant l'annoncer à nos familles. Celle de Max est plus grande que la mienne. Il a une sœur, Claudia, de deux ans son ainée, et un petit frère, Thibault, arrivé huit ans plus tard. Il est très proche des deux.
Cette fois, c'est lui qui s'est lancé en premier. Il a commencé par sa sœur. Une fois la surprise passée, Claudia l'a pris dans ses bras.
- Tu l'aimes ?
- Oui
- Alors, c'est ce qui compte.
Lorsqu'il est rentré, ses beaux yeux bleus étaient tout brillants, à la fois de joie et de larmes. Il était fier d'avoir eu le courage d'avouer son secret.

Ensuite, il est allé voir Thibault. Un peu à reculons, il faut bien le dire. Il a toujours été un modèle et un confident pour lui. Allait-il dégringoler de son piédestal avec son annonce ? Son frère allait-il avoir honte de lui et lui tourner le dos ?

Ce jour-là, Thibault était sur sa console, comme d'habitude. Il finissait sa partie.

- Je voudrais que tu m'écoutes, j'ai quelque chose d'important à te dire.

Thibault a mis son jeu sur pause et l'a regardé, inquiet.

- Tu es malade ? Qu'est-ce que tu as ?
- Non, ce n'est pas ça ... Je... J'aime un homme. Il s'appelle Raphaël et on vit ensemble.

Thibault a éclaté de rire. Il a repris sa manette et lui en a tendu une seconde.

- Ah, tu m'as fait trop peur ! Tu es homo ? Cool. Tu l'as dit aux parents ?
- Non, pas encore
- Tu veux que je leur dise ? Tu as peur ?
- Oui, un peu, mais je préfère le faire moi-même.
- OK... Bon, on joue ?

Max était définitivement rassuré. Thibault venait de confirmer, si besoin en était, que cette précision sur sa sexualité pouvait être perçue comme un non-événement.

Il ne lui restait plus qu'à prévenir ses parents.
Mary et Jean vivent en province. Après avoir été restaurateurs, ils sont aujourd'hui à la retraite. Toujours très actifs, ils partagent leur temps entre la gestion de leur gîte et la garde de leurs petits-enfants.
Il a profité d'un weekend chez eux, pour faire son annonce. Il les a réunis à l'heure de l'apéritif et leur a révélé qu'il avait rencontré un garçon avec lequel il vivait. Il était si tremblant et si ému, qu'il avait fondu en larmes. Il était désolé de les décevoir, de leur causer des soucis, mais c'était comme cela, il aimait un homme et il n'y pouvait rien.
Quels parents supportent de voir leur enfant pleurer de désespoir ?
Ensemble, son père et sa mère se sont levés et l'ont pris dans leurs bras. Les décevoir ? Pour quelles raisons ? Des problèmes ? Qu'on vienne leur en chercher des problèmes, tiens ! Ils aimeraient bien voir cela !
Tout ce qu'ils désiraient, c'était qu'il soit heureux.
Il en pleurait encore, et moi avec lui, quand il me l'a raconté. Ils voulaient me rencontrer. Nous n'allions plus avoir à nous cacher.

C'était désormais à mon tour d'affronter mes parents et je n'en menais pas large. Pourtant, plus je me répétais la scène et plus j'étais convaincu que ça ne poserait aucun problème. Ma mère, je connaissais son ouverture d'esprit et je savais qu'elle me vouait un amour inconditionnel. J'étais sûr qu'elle réagirait comme la mère de Max, avec tendresse. Mais je me doutais aussi qu'elle ne pourrait s'empêcher de penser à notre famille, plutôt conventionnelle, et aux réflexions ou aux reproches qui ne manqueraient pas de fuser. Surtout de la part de mon père.

Mon père... Lui, je pressentais qu'il allait avoir plus de mal à digérer cette nouvelle. Je connaissais son esprit très «viril». Il se vantait souvent d'avoir fait l'armée et de s'être engagé dans la Marine, alors, être un homme, il savait ce que c'était. À tort ou à raison, j'ai toujours eu la sensation d'être une déception pour lui. Lorsque j'étais jeune, il voulait que je fasse du judo ou que j'intègre un club de foot. Ce que j'aimais, c'étaient les sports moins violents ou moins collectifs. Plus tard, il m'espérait ingénieur pour que je construise des robots. Je suis ingénieur, mais j'ai préféré le théâtre à la robotique. Il aurait pu en être

fier, mais il me voyait jouer dans des pièces classiques, des pièces à textes. Malheureusement, je me suis spécialisé dans l'improvisation, un genre un peu moins noble, enfin selon lui.
Pour couronner le tout, il m'imaginait former une gentille petite famille avec Éléonore et il avait été très contrarié par notre rupture. Alors, découvrir que j'étais en couple avec un homme serait, pour lui, le coup de grâce.

Pour l'occasion, j'avais choisi un endroit neutre, une de ces cantines indiennes peu prisées des touristes. Ainsi, nous serions sûrement les seuls clients et s'il devait y avoir un esclandre, nous ne nous donnerions pas en spectacle ! J'ai attendu la fin du diner pour me lancer. Je me doutais bien que j'allais provoquer un certain malaise avec mon annonce et je n'avais aucune envie qu'il s'éternise.
Sans surprise, mon père s'est refermé comme une huître. Quant à ma mère, j'ai bien vu que je l'avais déstabilisée et même si elle a tenté de se reprendre en me posant quelques questions, elle n'a pas eu la réaction chaleureuse que j'avais espérée. Nous

avons terminé notre repas, tant bien que mal, mais les minutes étaient devenues pesantes.
Comprenaient-ils seulement quels efforts j'avais dû faire pour me mettre ainsi à nu devant eux ?
Quelles conséquences cela allait-il avoir sur notre relation?
J'étais un peu déçu, mais j'étais délivré. Après vingt-sept années de mensonges, je devenais enfin moi-même.
La balle était désormais dans leur camp. Ils finiraient bien par m'accepter.

Le lendemain, comme j'avais l'habitude de le faire chaque semaine, je devais déjeuner avec mon groupe de marche. J'avais la tête lourde et les yeux un peu enflés, mais je me raisonnai : mon fils venait de me révéler qu'il était amoureux, d'un garçon certes, mais la vie n'allait pas s'arrêter pour autant et ce moment de convivialité ne pourrait que me faire du bien.

Ce que je n'avais pas prévu c'était que le sujet du jour serait, une fois de plus, les manifestations des opposants au mariage et à l'adoption pour tous. J'essayais de rester en retrait, n'ayant pas l'intention de prendre part à la discussion qui ravivait des plaies encore à vif.

Cependant, Catherine, une de mes plus anciennes amies, se montra particulièrement virulente, en se déclarant choquée qu'on puisse autoriser « les homos à adopter alors que les couples *normaux*» avaient tant de mal à le faire.

- Qu'ils se marient, c'est déjà bien, mais un enfant, quand même, il ne faut pas abuser !

Nous connaissions tous la situation de sa fille et de son gendre qui se débattaient depuis de nombreuses années avec les services d'adoption pour tenter d'obtenir le fameux agrément. Il y avait toujours un « mais » qui renvoyait leur dossier au bas de la pile. Ils étaient, avec raison, exaspérés et frustrés.

Cependant, rien ne pouvait justifier le mépris de ses paroles. En d'autres temps, je me serais contentée de lui opposer les arguments classiques avant de l'orienter vers un sujet moins douloureux pour elle. Mais ce jour-là, je me sentis visée personnellement. Même si elle l'ignorait encore, c'était à mon fils qu'elle s'attaquait et il m'était désormais impossible de me taire. La coupe était pleine et je n'avais aucune envie d'en entendre davantage.

À la surprise générale, je me levai de table, sans même avoir eu le temps de commander. Ils allaient devoir se passer de moi pour cette fois ! Avant de partir, la rage dans la voix et les larmes au bord des lèvres, je leur lançai :

- Êtes-vous conscients de ce que vous êtes en train de dire? Seuls les couples *normaux* ont le droit d'avoir des enfants ? Mais qui êtes-vous donc pour juger de ce qu'est un couple normal ou de qui a le droit d'avoir des enfants ? Je ne tiens pas à gâcher l'ambiance plus longtemps ! Je vais donc vous laisser entre personnes *normales.*

J'ignorais ce qui s'était passé après mon départ mais je me doutais bien qu'ils avaient dû se mordre la langue lorsqu'ils avaient appris l'homosexualité de Raphaël.

Quant à moi, je me sentais plus légère : la tristesse de la veille venait de céder la place à la colère.
En rentrant à la maison et devant la mine endeuillée de Patrick, je pris la décision de crever l'abcès. Je voulais savoir ce qu'il pensait de cette situation, même si j'en avais déjà une petite idée. Il restait fermé, esquivant mes questions.
Enfin, sous la pression, il finit par exploser.
Je devais bien être au courant, moi qui étais toujours si complice avec mon fils. Et si je l'étais, pourquoi ne pas lui en avoir parlé avant ? La colère, qu'il avait gardée au fond de lui, se déchainait maintenant. Il ne comprenait pas quelle erreur il avait commise. Il avait pourtant tout fait pour que ce

garçon devienne un homme digne de ce nom. Il l'avait entrainé au tennis, au ping-pong, initié à des activités viriles afin qu'il sorte des jupes de sa mère. Si on en était arrivé là, ce ne pouvait pas être sa faute, mais bien la mienne, à toujours vouloir le protéger.

Il déversa tous les préjugés, toute la rancœur, sur son fils, sur moi. Loin de m'abattre, cette réaction me servit une nouvelle fois d'électrochoc et je compris, à ce moment précis, que je ne laisserais plus personne toucher à mon enfant et encore moins mon mari :

- Au courant ? J'aurais bien voulu l'être, crois-moi ! Mais non, je l'ignorais. Et quoi ? Notre fils nous a annoncé qu'il aimait un garçon, et, à t'entendre, c'est comme s'il était devenu un criminel. Il porte peut-être ce secret depuis toujours, sans l'avouer à personne, et toi, ce qui te chagrine c'est de savoir quelle erreur « tu » as commise. L'erreur, c'est nous qui l'avons commise, en n'ayant rien vu. Si, toi, ça ne te fait rien, moi, j'ai honte et je ne supporterai pas plus longtemps de t'entendre dire qu'il a un problème. Alors, écoute-moi bien : tu n'as qu'un seul

enfant, soit tu l'acceptes comme il est, soit tu nous perdras, lui et moi. À toi de choisir !
J'étais déterminée à ne plus lui adresser la parole tant qu'il camperait sur ses positions. Je devais déjà me battre avec le regard et le mépris des autres, il n'allait pas s'y mettre, lui aussi ! Il devait réagir, et réagir vite, avant que je n'exécute ma menace.

Tout le monde me conseillait de lui laisser du temps.
« Pour un homme, tu sais, c'est compliqué ».
Cette phrase m'insupportait, car je ne comprenais pas ce qu'il y avait de compliqué à admettre dans le fait que notre fils était homosexuel ! Mais je voyais bien que les autres hommes de la famille, s'ils ne disaient rien, n'en pensaient pas moins et formaient une sorte de cordon de solidarité autour de lui.
« Le pauvre ! Un fils homo, quelle malchance !
Heureusement, les nôtres sont *normaux*, ils aiment les filles ! »

Quant aux femmes de mon entourage, les réactions furent plus mitigées.

Bien sûr, il y eut celles qui avaient perçu quelque chose :
« Je ne sais pas, je ne peux pas te dire pourquoi, mais ça ne m'étonne pas. Raph a toujours été si sensible, si gentil. »
À croire que la sensibilité ou la gentillesse ne pouvaient être que l'apanage des femmes... ou des homosexuels.
Ou celles qui, pensant me rassurer, essayaient de se montrer pragmatiques :
« Mais, il avait une copine avant, non ? Alors, tu verras, la prochaine sera une femme, ne t'inquiète pas. »
Fort heureusement, il y avait aussi celles pour qui cette préférence sexuelle ne présentait aucun intérêt et qui trouvaient juste merveilleux que Raphaël ait enfin rencontré la personne idéale.
Cependant, il ne fallait pas attendre trop longtemps pour que l'on conclue :
« Bien sûr, l'essentiel c'est son bonheur, mais pour Patrick et toi, c'est dur, quand même ! Vous n'allez pas pouvoir avoir de petits-enfants. Quoique... Ils peuvent adopter, avec la loi maintenant... »

Nos *coming out* respectifs avaient été forts en émotions, mais nous étions très heureux de les avoir faits.
J'ai tout de suite été adopté par la famille de Max. Je me sens bien avec eux. Mary est anglaise et ses parents, qui vivent en Angleterre, m'ont accueilli sans la moindre hésitation.
Lorsque Max m'a présenté à sa grand-mère paternelle, elle m'a serré fort dans ses bras et m'a simplement dit qu'elle était très heureuse d'avoir un nouveau petit-fils. Voilà des gens intelligents et des gens aimants. Si seulement tout le monde pouvait penser comme eux et ne plus s'intéresser à ce qui se passe dans notre lit, ce serait vraiment génial.

De mon côté aussi, tout s'est finalement bien déroulé et Max a été très vite intégré dans notre famille. Mon grand-père était le seul à ne pas être au courant. J'aurais voulu lui dire, mais maman n'y tenait pas.

- Papi est trop vieux. Il ne peut pas comprendre. Laisse-le s'habituer d'abord à la présence de Max et on verra après.

- Je ne veux plus tricher. Je veux pouvoir venir chez vous avec mon amoureux, librement, comme tout le monde.

- Bien sûr, pas question de vous cacher. Mais si tu lui dis, de but en blanc, « je suis homosexuel », il ne va avoir en tête que des clichés et des préjugés. Par contre, s'il connait Max, il ne pourra que l'apprécier. Crois-moi, laissons faire le temps.

Au début, il était un peu étonné que Max assiste à toutes nos réunions de famille.

- Qu'est-ce qu'il fait encore ici celui-là ? disait-il de son air bougon.

Puis, comme maman l'avait prévu, il a fini par s'y habituer sans poser plus de questions. C'était un homme intelligent, avec un grand cœur.

Il n'était pas aveugle, mais sans doute préférait-il simplement ne pas avoir de réponses. Il aurait voulu que je me marie et que j'aie des enfants. Je crois qu'il aurait été triste de savoir que je n'en prenais pas spécialement le chemin. Mais au fond, c'était un malin et ce qui comptait pour lui, ce n'était pas la personne avec qui j'étais, mais seulement que je sois là, à ses côtés. C'est ce que j'ai fait, jusqu'à sa mort, quelques mois avant ses quatre-vingt-dix ans.

Quant à mon père, je n'ai jamais abordé le sujet avec lui et j'ignore ce qui s'est passé avec ma mère quand ils sont rentrés. Nous n'avons plus reparlé de cette soirée. Il faut dire qu'il n'est pas spécialisé dans les démonstrations affectives, ce qui le rend souvent maladroit. Je ne suis pas à l'aise avec lui très longtemps et ça peut, assez vite, devenir explosif entre nous. Heureusement que Max est là. C'est notre médiateur. Il a eu l'idée de lui demander son aide pour les travaux de notre nouvel appartement. Cela lui a permis de passer quelques jours « entre hommes » avec nous, de mieux connaitre Max et de réaliser que j'étais toujours le fils qu'il aimait. Je crois que ça a marché.

Nos deux familles se sont rencontrées très rapidement. Nous avons vraiment de la chance qu'elles s'apprécient et désirent passer du temps ensemble. Nous avons même présenté mes parents à la branche anglaise de la famille de Max. Entre papa qui ne parle pas un mot d'anglais et les grands-

parents qui ne parlent pas un mot de français, ça a été un moment mémorable.
Et puis, il y a les enfants, ceux de Claudia, la sœur de Max et ceux de mes cousines, mes presque sœurs.
Cette génération est *cool*, sans préjugés. Ils ont l'habitude de vivre avec les différences. L'origine, la religion ou le genre ne leur posent plus de problèmes. En tout cas, moins qu'à leurs parents.
Les tout-petits nous ont vus ensemble depuis leur naissance. Nous sommes Raph et Max, ou Max et Raph. Il faut croire que nous nous ressemblons beaucoup car ils n'arrivent toujours pas à dire qui est qui. En désespoir de cause, ils se raccrochent au seul signe distinctif : la casquette que je porte en permanence. Cependant, il suffit que Max me l'emprunte et c'est la confusion totale !

Le courant passe plutôt bien entre les enfants et nous. Nous parvenons à les occuper, en inventant un jeu, une histoire ou une chanson. Peut-être aussi sommes-nous plus patients que leurs parents ? Bien sûr, je ne suis pas naïf et je sais qu'on n'a pas le même ressenti lorsqu'on ne les a pas sur les bras à

temps complet, mais quelque chose me dit que nous sommes faits pour avoir des enfants.
Pour tout dire, c'est Max qui en voulait. Il refusait d'envisager un avenir sans enfant. C'était d'ailleurs un problème de plus dans notre relation. Assumer son homosexualité, c'était aussi renoncer à être père et, cela, il avait beaucoup de mal à l'admettre.
Quant à moi, ma priorité, c'était le théâtre. Si on veut en faire un métier, il faut s'y donner à deux cents pour cent. Cela ne laisse déjà plus beaucoup de place au couple, alors, imaginer des enfants...
Nous avions également envie de voyager, autant que possible. Loin de notre quotidien, nous apprenions à nous découvrir. Et on en a fait des voyages, les uns plus fous que les autres.
C'est au cours du dernier, en Bolivie, que l'idée a germé dans nos têtes. Nous avons vécu, pendant trois mois, entourés des parents, des grands-parents et des enfants de nos amis boliviens. Était-ce la chaleur de cette famille, l'exotisme de ce Noël passé au bout du monde ou simplement la prise de conscience que nous avions suffisamment bourlingué ? Probablement tout à la fois. A notre

retour, nous avions pris notre décision : nous allions, nous aussi, fonder une famille.
Nous avions dépassé la trentaine et nous étions conscients que cela n'allait pas être simple à réaliser. Nous ne devions donc plus tarder avant d'étudier les solutions qui s'offraient à nous.
Mary nous taquine souvent sur ce sujet. Elle a déjà deux petits-enfants, mais elle aimerait bien que nous nous lancions à notre tour. Maman ne nous en parle jamais, même sous forme de plaisanterie. Je ne sais d'ailleurs pas si cela l'intéresse. Il faut dire qu'elle voyage beaucoup, elle aussi, alors peut-être n'a-t-elle simplement pas envie de sacrifier sa liberté pour être grand-mère ? Quant à mon père, inutile de lui demander ce qu'il en pense. Il suffit de l'entendre soupirer tristement devant les enfants des autres pour le comprendre.

Devenir parents c'est un cap important pour un couple et un engagement à vie. Un enfant, ce n'est pas un objet qu'on peut changer quand on veut. C'est un petit être vivant que l'on va impliquer dans son histoire et accompagner pour le reste de ses jours. Cela devrait demander un minimum de

réflexion, même si ce n'est pas le cas pour tout le monde.
Pour un couple d'homosexuels, c'est une décision encore plus difficile à prendre. Les femmes ont la chance de pouvoir porter leur bébé et elles peuvent le faire toutes seules, si c'est leur choix. Mais pour nous, les hommes, envisager d'avoir un enfant c'est, en quelque sorte, transgresser les lois de la nature. C'est un poids de plus sur nos épaules.
Cet enfant à venir saura rapidement d'où vient le « problème » et s'il ne le comprend pas, les autres se chargeront de le lui expliquer. Même si c'est injuste et frustrant, il ne nous suffit pas de dire, comme tout le monde, « nous voulons un enfant ». Il nous faut planifier et évaluer tous les risques, tant pour lui, que pour notre couple, parce que nous, contrairement aux autres parents, nous n'avons pas le droit à l'erreur.
Imaginons seulement que nous nous séparions ou que notre enfant se révèle difficile ou perturbé. Que va-t-on nous dire ?

« C'est de votre faute. Vous auriez dû y penser plus tôt. On ne fait pas un gosse quand on n'est pas sûr de savoir l'élever. Un enfant, c'est un papa et une maman, un point c'est tout. »

À croire qu'il suffit d'être hétéros pour être aimants et responsables !
Pourquoi, eux, peuvent-ils se séparer sans qu'on les montre du doigt ? Et dans ces familles devenues monoparentales, où sont les fameux repères ? Deux papas, deux mamans – au minimum - est-ce cela le nouvel équilibre ? Quant aux enfants agités, voire caractériels qu'on ne vienne pas me dire qu'ils sont issus de couples homosexuels. Ça se saurait, non ?

- Au fait, il faut que je vous dise...

Je me méfiais de cette phrase. Elle était tapie au fond de ma mémoire, entourée de lumières rouges prêtes à donner l'alarme.
Sept années venaient de s'écouler depuis qu'elle avait bouleversé nos vies. Sept années pendant lesquelles j'avais appris à connaitre Max que j'avais immédiatement considéré comme mon deuxième fils. Tant dans mon esprit que dans mon cœur, ces deux-là étaient inséparables. Depuis ce fameux jour, celui de l'annonce, et une fois la surprise passée, je n'avais jamais remis en question leur union et j'étais, au contraire, très fière de leur couple et de la famille atypique que nous formions.

Ils ouvraient leur porte à tous ceux qui en avaient besoin. Ils prenaient du temps pour écouter, conseiller, trouver des solutions et ne laissaient jamais repartir quelqu'un sans être sûrs de l'avoir un peu aidé. Que ce soit pour un problème de cœur, d'argent, de travail ou juste pour un petit coup de mou, ils étaient là, si pleins d'ondes positives qu'ils redonnaient le sourire aux plus désespérés.

Je n'aurais pas voulu avoir besoin d'eux, parce qu'une mère doit être présente pour ses enfants et non l'inverse. Mais mon tour était venu également quand la maladie s'invita au programme de mes activités. C'était arrivé si brutalement.

- Vous avez un cancer, madame. Il faut opérer en urgence, puis il vous faudra de la chimiothérapie et de la radiothérapie.

J'avais été incapable d'affronter cela toute seule. C'était au-dessus de mes forces. Même si je savais que ce serait un lourd fardeau à porter pour lui, j'avais viscéralement besoin de sentir la présence et l'odeur de mon fils. Besoin de le sentir vivant pour avoir le courage de repousser la mort. Et il n'avait jamais failli. Il avait assumé son rôle sans rien montrer de sa tristesse ni de sa peur de me perdre. J'ignorais dans quel état il rentrait le soir, lorsqu'il m'accompagnait à mes séances de chimiothérapie. Nous n'en avions jamais reparlé. Mais il faisait rire

toutes les infirmières, avec sa bonne humeur et la montagne de bonbons qu'il distribuait à tout le monde.
« C'est du sucre, c'est bien contre les nausées. »
Je me demandais d'où il tirait cela, mais je m'exécutais avec le sourire... même si je savais, qu'à mon retour à la maison, mon estomac me le ferait payer cher.
Les enfants doivent, un jour ou l'autre, prendre en charge leurs parents, les soigner et les épauler jusqu'à la fin. J'étais bien placée pour le dire, car je l'avais fait avec les miens. Seulement là, c'était trop tôt et mon fils était encore trop jeune. Je m'en voulais de lui faire subir cela, mais je ne pouvais pas me passer de lui. Max et lui avaient répondu présents tout au long du traitement et jusqu'à ce qu'ils soient sûrs que l'orage fut terminé.

Ensuite, ils avaient repris leur vie, rassurés. Sans oser me l'avouer, j'avais adoré ces moments passés près d'eux et je regrettais de ne plus les voir aussi souvent. Mais je me sermonnais en me rappelant à quel point, à leur âge, j'avais étouffé sous le carcan familial. Je ne voulais pas ressembler à ces parents

qui imposaient un rythme de visite à leurs enfants. « Allez, à dimanche prochain... comme d'habitude ! » Je préférais savoir qu'ils me contacteraient quand ils en auraient envie, même si j'en souffrais parfois, lorsqu'ils tardaient à le faire.
Alors, pour ne pas être une charge pour eux, j'avais décidé de me prendre en main. Les traitements finis, j'avais devancé ma retraite et je m'étais mise à parcourir le monde. L'épisode douloureux que je venais de vivre m'obligeait à réorganiser mes priorités. Si voyager avait toujours été mon rêve, c'était devenu une nécessité, pour ne pas dire une urgence. Chaque voyage me permettait de me dépasser. Voir la fierté dans les yeux de mon fils, c'était tellement mieux que d'y percevoir l'angoisse ou, pire, la lassitude.
Partir, c'était, avant tout, un moyen de combler le vide affectif de ma vie.

Lorsque j'avais appris l'homosexualité de Raphaël, j'avais admis que je ne serais jamais grand-mère. Cela me rendait triste de les voir agir avec les enfants des autres. Je ne leur en parlais jamais pour ne pas les gêner et j'ignorais quels étaient leurs

projets. C'était leur problème. Je ne me sentais pas le droit d'intervenir dans leur vie privée. Je me souvenais encore de la pression familiale et des angoisses que cela m'avait provoquées lorsque j'étais tombée enceinte. Je n'avais pas l'intention de reproduire le même schéma avec mes fils.
Alors, plutôt qu'espérer et être déçue, je préférais penser que cela n'arriverait jamais et être agréablement surprise.

Cependant, plus les années passaient, plus cela devenait difficile de ne pas rentrer dans le moule. À trente ans, on m'avait poussée à être mère et à soixante, on me faisait gentiment remarquer qu'il était *anormal* de ne pas être grand-mère. Presque toutes mes amies avaient des petits-enfants. Régulièrement, elles brandissaient avec fierté, leurs photos, leurs dessins ou les cadeaux qu'elles achetaient pour les anniversaires ou pour Noël.
« Être grand-mère, si tu savais comme c'est bien ! On peut faire avec eux tout ce qu'on ne pouvait pas faire avec nos enfants ! Aux parents, les règles et les punitions, à nous les écarts, et les câlins ! »

Se rendant compte que cela pouvait être douloureux à entendre, elles rajoutaient d'un air compatissant :
« Oh pardon, je suis désolée de te dire cela. Pour toi, c'est vrai, c'est compliqué.
Mais bon, ça ne veut rien dire. Peut-être pourront-ils adopter, maintenant, avec la loi ? »

Encore pouvais-je m'estimer heureuse qu'on ne me prédise plus, comme au début :
« Et puis, on ne sait jamais, Raph peut toujours tomber amoureux d'une femme! »
Aussi, quand j'avais entendu ce « Au fait, il faut que je vous dise », tous les clignotants s'étaient emballés et mon cœur s'était mis à battre la chamade.

Quel tournant notre vie allait-elle prendre, cette fois-ci?

Lorsque j'étais en Terminale, j'avais choisi de faire mon dossier de TPE avec deux camarades de classe, Roxane et Axel, sur le thème des manipulations génétiques. Ce sujet faisait partie de notre programme de biologie, mais également de philosophie avec l'étude du livre d'Aldous Huxley, *Le meilleur des mondes*.
Ce roman de science-fiction, écrit en 1931, semblait se rapprocher dangereusement de notre réalité. La science était-elle une menace pour notre société ? Nous étions passionnés et les débats faisaient rage.

J'ignore comment elle s'y était prise, mais maman avait réussi à nous décrocher un rendez-vous à l'hôpital Béclère, à Clamart, avec la femme du professeur René Frydman qui était LE spécialiste de la FIV en France, le père des « bébés-éprouvette ».
Madame Frydman était l'assistante de son célèbre mari, premier gynécologue en France à mettre au monde un bébé in vitro en 1982. Elle nous a reçus gentiment et nous a expliqué tout le processus de fécondation et d'implantation.

Voir, même de loin, ces cuves où se formaient les embryons nous prouvait effectivement que de la fiction à la réalité, il n'y avait qu'un pas. Ce jour-là, nous avons vraiment eu l'impression d'être les témoins d'un monde en marche.
Nous avions élaboré un long questionnaire, basé en grande partie sur l'eugénisme. Jusqu'où l'homme peut-il intervenir pour pallier la nature? Où se situent les limites? Et Dieu, là-dedans?

Madame Frydman y a répondu avec beaucoup de patience, sans jamais s'offusquer. Nous n'étions, après tout, que trois adolescents pleins de certitudes et de préjugés et elle aurait été en droit de nous renvoyer à nos cours sans perdre son précieux temps, mais elle a choisi de nous traiter en adultes.
Elle s'est mise à nous raconter les drames qui se jouaient quotidiennement dans le bureau de son mari. Elle nous a parlé de la détresse de ces femmes qui voulaient un bébé sans pouvoir le concevoir et qui imploraient leur aide. Elle a évoqué aussi ces couples, parents d'un enfant porteur de gènes anormaux et qui, terrorisés, s'interdisaient d'en avoir un autre.
Évidemment, c'était touchant !

Mais nous n'avions que dix-huit ans et même si nous comprenions que des gens mettent tous leurs espoirs dans ces nouvelles pratiques, nous n'arrivions pas à admettre qu'un désir d'enfant, aussi fort soit-il, puisse justifier de forcer la nature à ce point.

Cela fait maintenant presque vingt ans et il ne me reste que quelques flashes de cet entretien. Par contre, je me souviens très bien de notre présentation au bac. Puisque notre sujet était hors norme, nous ne pouvions pas nous contenter d'un banal diaporama qui n'aurait réussi qu'à répéter des informations scientifiques ou éthiques que nous ne maitrisions évidemment pas et qui, de plus, aurait voilé nos émotions.

Nous avions donc décidé, et je peux dire avec fierté que j'en étais l'instigateur, de jouer notre compte-rendu. Madame Frydman nous avait donné des masques, des charlottes, des gants et des blouses. Nous nous sommes présentés ainsi déguisés devant nos professeurs. J'étais Frydman, Roxanne était ma femme et Axel, l'assistant. Et tout ce que nous avons appris, nous l'avons transmis à notre jury, d'abord déstabilisé puis totalement acquis à notre cause, particulièrement au moment de la conclusion.

«Non, le professeur Frydman et tous les généticiens du monde ne veulent pas se comparer à Dieu en transgressant impunément les lois de la nature. En leur permettant ce que cette nature leur refuse, ils rendent les gens heureux et si la science peut servir à rendre plus heureux, alors c'est bien cela que l'on peut appeler le progrès.»
Dans l'immédiat, c'est nous qu'elle avait rendus heureux, la science. Nous venions de décrocher un vingt sur vingt, ce qui était un excellent augure pour l'obtention du bac.

C'est bizarre, les souvenirs. Ils s'endorment dans nos mémoires, bien gentiment, pour rejaillir un jour. On se demande bien pourquoi.

« On va avoir un bébé, on va avoir un bébé ! »
Ils avaient les yeux pétillants et avaient du mal à ne pas sautiller sur place :
Ce jour-là, il n'y avait pas eu de rébus, de devinettes, de petits chaussons tricotés, ni de paquets de café *Grand-Mère*, mais juste la fameuse entrée en matière « Au fait, il faut que l'on vous dise » et la joie dans leurs regards.
D'habitude, lorsque des enfants annoncent une future naissance à leurs parents, personne ne s'interroge sur les causes et les conséquences de cette fabrication. Attendue ou non, elle reste *normale*. Mais lorsqu'il s'agit d'un couple homosexuel, hommes de surcroît, cette annonce prend une autre dimension jusqu'à devenir « extra-ordinaire ».
Du plus profond de mon cœur, j'étais heureuse qu'ils se soient enfin décidés à franchir le pas :
- Alors comme ça, vous avez lancé une procédure d'adoption?
- Non, nous allons avoir recours à une GPA... une mère porteuse, quoi.

Bien sûr, j'avais entendu parler de la gestation pour autrui. C'était un sujet polémique qui faisait régulièrement la une des journaux. J'avais toujours suivi les débats avec intérêt, bien avant de savoir que Raphaël était homosexuel, sans doute parce que j'appartenais à une génération qui avait connu les plus grandes avancées scientifiques en matière de génétique et que j'en étais très fière. Le fait que, dans ce domaine, la réalité dépassait parfois la fiction ne m'avait jamais posé de problèmes moraux et encore moins religieux. J'avais applaudi à la mise en circulation de la pilule, à la libéralisation de l'avortement et à la fécondation in vitro. J'étais révoltée de voir fleurir encore et toujours les mêmes manifestations des « anti » – anti-homosexualité, anti-avortement, anti-GPA ou anti-PMA - au nom de la religion. Je ne comprenais pas ce que Dieu venait faire dans toutes ces histoires de sexe ou de procréation et je trouvais légitime qu'on puisse disposer de son corps pour faire ou ne pas faire un enfant, et ce, quelles qu'en soient les circonstances.

Avec passion, les garçons nous expliquèrent alors le processus administratif auquel ils avaient dû faire face. Cela faisait des mois qu'ils menaient leurs démarches en secret. Anticipant toutes les questions que nous aurions pu leur poser, ils nous donnaient toutes les réponses. Nul doute que leur projet était solide et mûrement réfléchi. Conscients de la gravité de leur décision et l'assumant pleinement, ils avaient envisagé toutes les difficultés et paré à toutes les réticences.

Tout cela était inattendu, et malgré l'exposé clair et détaillé qu'ils venaient de nous faire, j'avais eu du mal à tout assimiler. J'avais besoin de tout réentendre, plus lentement. Patiemment donc, ils reprirent tout, point par point, du prélèvement du sperme, effectué dans une clinique en Italie, à la mère porteuse, en passant par la donneuse d'ovocytes, toutes deux Américaines.

À la fin, inévitablement, ils abordèrent le sujet épineux du coût de cette aventure. Je savais qu'ils en avaient les moyens financiers et cela me rassurait. Cependant, je ne pouvais m'empêcher de repenser à toutes les histoires que les médias exposaient régulièrement. Celles de ces couples pris au piège

des dépenses et qui s'endettaient pour le reste de leur vie, sans parvenir au bout de leur projet ou de ces mères qui décidaient de garder le bébé qu'elles venaient de mettre au monde, après avoir empoché l'argent.
À cela, s'ajoutaient les problèmes juridiques qui ne manqueraient pas de se poser, ici en France, pour la reconnaissance légale de l'enfant.

Comme tout ce que l'on ne pouvait pas maîtriser, cela me faisait très peur. Ils semblaient avoir prévu toutes les objections que l'on pouvait leur faire et ils acceptaient d'en parler sans tabous. Ils ne niaient aucun risque de déconvenues, mais ils tenaient à nous rappeler qu'il n'y avait jamais de risque zéro, quelle que soit la procédure suivie. Alors, pour les limiter, ils avaient choisi des filières sécurisées et expérimentées par d'autres couples. Quant à l'argent, oui, ils avaient conscience que la somme qu'ils allaient devoir engager dans ce processus était énorme et ils s'estimaient particulièrement chanceux de pouvoir le faire. Leur seul regret était que cela ne soit pas accessible à tous ceux qui le désiraient. Mais ils refusaient catégoriquement

qu'on puisse dire qu'ils achetaient un enfant. Pour eux, l'argent, quand on en avait, devait permettre à chacun d'être heureux. Et eux, ils étaient prêts à se ruiner pour un bébé. C'était leur choix, ils l'assumaient pleinement.
Cependant, pour clore définitivement cette question qui, au fond, ne concernait qu'eux, ils avaient accepté de détailler le coût de chaque étape afin de nous démontrer que la donneuse et la porteuse n'étaient qu'une petite partie de l'impressionnante somme à débourser, la plus grosse étant consacrée aux frais médicaux, exorbitants aux USA. Évidemment, jamais ils n'auraient exploité la misère humaine, comme cela se faisait dans les pays pauvres. Aux États-Unis, les femmes qui portaient des enfants pour autrui étaient triées sur le volet et devaient prouver leur stabilité financière avant de s'engager dans ce processus. Ils estimaient que cet argent était une sorte de remerciement pour le cadeau qu'elles leur faisaient.

Leur argumentation était convaincante et ils étaient si déterminés que je renonçai à mes dernières réticences.

J'avais passé, sans raison valable, presque toute ma grossesse à m'angoisser pour le bébé que j'attendais. Puisque c'était enfin à mon tour de devenir grand-mère, j'étais bien décidée à rattraper le temps perdu et à savourer, aux côtés de mes fils, chaque moment de cette aventure.

Quant à Patrick, dès qu'il avait entendu parler d'enfants, il s'était mis un peu à l'écart, pour cacher ses larmes. À la fin, ne retenant que l'information principale, il avait fini par dire d'une voix pleine d'émotion :

« Moi, ce que je veux, c'est être grand-père !

Le reste, je m'en fiche. »

Lorsqu'on est un couple d'homosexuels et que l'on commence à évoquer son désir d'enfant, la première phrase que l'on entend, c'est :
« Vous pouvez adopter maintenant, avec la loi ». L'adoption, c'est le cadeau que la législation française nous offre généreusement. Pourtant, et ce n'est un secret pour personne, il s'agit plus d'un leurre que d'une réelle opportunité.
En France, adopter un enfant est un véritable parcours du combattant, parsemé à la fois d'espoirs et de désillusions. Combien de couples se sont-ils brûlé les ailes à attendre qu'on valide leur candidature, en essayant d'être suffisamment parfaits aux yeux de l'administration ?
Il n'était pas difficile d'imaginer ce que cela aurait pu être pour nous. Étions-nous prêts à nous livrer en pâture à des fonctionnaires chargés d'éplucher notre vie avant de nous déclarer aptes - ou plutôt inaptes - à aimer et élever un enfant ? Les chiffres parlent d'eux-mêmes : depuis que l'adoption est ouverte aux homosexuels, il n'y a eu, en France, qu'une dizaine d'enfants adoptés.

Une dizaine seulement ! Même si nous sommes d'un naturel résolument optimiste, cela nous paraissait perdu d'avance. De plus, en admettant que nous arrivions au bout de la procédure, quel enfant nous confierait-on ? Probablement un de ceux que l'on ne propose pas aux couples *normaux* qui ont la chance de passer entre les mailles du filet ? Nous sommes tristes pour tous ces enfants et nous espérons sincèrement qu'ils trouvent un jour une famille aimante, mais nous ne nous sentons pas capables de gérer des difficultés supplémentaires dans une aventure déjà bien compliquée.

La deuxième option, c'est l'adoption à l'étranger. Beaucoup de couples, dégoutés par les lenteurs administratives finissent par se diriger vers ces filières, réputées plus accessibles. Nous n'aurions pas du tout été contre l'idée d'avoir un enfant venu d'ailleurs, mais, pour nous, c'est une voie encore plus complexe et plus fermée que l'adoption en France. Dans beaucoup de pays, justement ceux qui proposent des adoptions, l'homosexualité est un délit passible parfois de peine de mort. Les agences qui s'en occupent sont donc extrêmement réticentes à confier un enfant à un couple homosexuel. Alors, il faut parfois passer par des circuits moins officiels et nous n'avions pas envie de prendre ce genre de risques.

Il ne restait qu'une dernière option, mais elle était si folle qu'elle en paraissait inaccessible : la gestation pour autrui, interdite en France. On en avait entendu parler, bien sûr, par les célébrités qui racontaient leurs parcours à la télévision. C'était une solution pour les stars, sûrement pas pour des gens comme nous. Pourtant, c'était notre seule chance d'avoir, un jour, un enfant. Alors, nous nous sommes dit :

- Pourquoi pas ? Avec une mère porteuse, nous pourrions avoir, nous aussi, un enfant *de* nous ?

Lorsque nous avons commencé nos recherches, nous avons eu la désagréable impression d'être enfermés dans un labyrinthe. Plus on se documentait, plus on se heurtait à des murs infranchissables. Mais il était hors de question de renoncer avant d'avoir approfondi toutes les pistes.

Il fallait changer de méthode. Après tout, et même si on en parlait peu, il existait sûrement d'autres

couples qui avaient suivi cette filière. Pourquoi ne pas leur demander conseil ?
Nous nous sommes donc rapprochés de l'APGL, l'Association des parents gays et lesbiens. Ils nous ont expliqué toutes les étapes à suivre et les écueils à éviter. Simple, ça ne l'était pas plus, mais cela devenait réel.
Un dimanche, ils ont organisé un déjeuner avec des familles homoparentales et nous ont gentiment invités. Ainsi, nous avons pu discuter librement avec les parents et leurs enfants. Ils avaient l'air si épanouis et si heureux que nous nous sommes mis à y croire. C'était notre dernière carte et, ce jour-là, nous avons décidé de la jouer.
Dans un premier temps, ils nous ont fourni une liste d'agences spécialisées, d'avocats et de cliniques aux États-Unis, tous validés par les parents. À nous de choisir les intermédiaires qui nous convenaient le mieux.
Pour tout ce qui importe dans nos vies, Max et moi, nous avons toujours fonctionné à l'affectif et, jusqu'à présent, cela nous a plutôt bien réussi. Alors, que ce soit pour un médecin ou un avocat et à plus forte raison pour la femme qui portera notre enfant,

ce que nous voulions, c'était avoir « un coup de cœur ». C'est sûrement ce qui doit se passer pour un couple hétéro qui décide de faire un bébé. La femme choisit le gynéco avec lequel elle se sent bien, non ? En tout cas, c'est ce qu'affirment celles de mon entourage. Ma mère, par exemple, adorait le sien au point de crier sur tous les toits que si j'ai les yeux bleus, c'est grâce à lui. Heureusement que je suis le portrait craché de mon père, sinon, ça ne me ferait pas forcément rire.

Coup de cœur, donc, pour le docteur D. de la clinique la plus réputée de San Diego en Californie. Tous les commentaires sur lui étaient élogieux. Non seulement c'est un expert en fécondation in vitro, mais il est aussi très humain. Il a pris son temps pour nous expliquer tout le processus, sans masquer les risques. Puis, il nous a raconté plein d'anecdotes au sujet de « ses » enfants, enfin ceux qu'il a contribué à mettre au monde et dont il a toujours des nouvelles. Et nous avons été conquis. Grâce à lui, ce parcours prenait une forme concrète. C'est avec lui que nous allions faire ce bébé.

Pour notre donneuse d'ovocytes, nous avons un peu déchanté. La clinique nous a fourni un catalogue devant lequel nous avons passé des heures, chacun de son côté, sans grand enthousiasme. Nous devions choisir, sur des critères très précis, la femme qui allait donner une partie de son patrimoine génétique à notre enfant. Cela peut paraitre impersonnel, mais est-ce si différent dans la vraie vie ? N'est-ce pas ce que font les personnes qui s'inscrivent sur un site de rencontres en cochant des cases comme la taille, la couleur de cheveux, ou même de peau, le niveau d'études, la situation sociale? Pourtant, personne ne s'en offusque.

Nous, nous étions un peu mal à l'aise avec l'idée d'établir une liste, mais, quitte à choisir, nous voulions un enfant qui nous ressemble à tous les deux et notre point commun, ce sont nos yeux bleus. Et, bien entendu, nous devions ressentir notre fameux coup de cœur.

C'est ce qui s'est passé avec Joy. Nous sommes tombés amoureux d'elle, en même temps. Nous nous sommes décidés si rapidement que nous en étions venus à penser que, finalement, ce processus serait moins compliqué que nous ne l'avions envisagé.

Il ne nous restait plus qu'à trouver notre *surrogate,* c'est-à-dire la femme qui allait porter notre bébé.

Dans un premier temps, nous avions listé les meilleures agences, recommandées par les autres parents. Ce sont elles qui sélectionnent les candidates, en fonction de nos desiderata. Les nôtres étaient simples : nous recherchions une femme qui n'ait jamais porté d'enfant pour autrui. Certes, nous savions que c'était plus risqué qu'une *surrogate* expérimentée, mais nous sommes deux incorrigibles romantiques et nous avions envie de découvrir tout le parcours en même temps qu'elle, comme tous les couples qui font leur premier enfant. Toutes les *surrogate* doivent être mariées et déjà mères de famille. Cela nous convenait très bien. Mais ce que nous voulions par-dessus tout, c'était une femme disponible, avenante, et qui accepte de rester dans la vie de notre enfant.
Cela ne nous semblait pas trop restrictif et nous pensions naïvement que cette recherche serait aussi facile que la précédente. Nous étions sereins. Il suffirait d'un coup de cœur et la procédure serait lancée.

Cependant, tout n'a pas fonctionné comme nous l'avions imaginé. La première agence que nous avons sélectionnée n'a absolument pas tenu compte de nos conditions, nous présentant des profils de femmes qui ne nous convenaient pas. Un jour, elle nous propose de rencontrer Barbara, via *Skype*, bien sûr. C'était notre premier rendez-vous et nous étions surexcités. Les questions se bousculaient dans nos têtes. Allions-nous ressentir notre coup de cœur ? Sera-t-elle celle qui portera notre enfant ? Nous étions à la fois pleins de doutes et de certitudes, conscients de franchir une étape cruciale.

À l'heure prévue, elle se trouvait dans un square. Lunettes de soleil sur le nez, elle se promenait en buvant son café. Nous ne nous attendions pas à cela. Nous avions imaginé un endroit et un entretien plus intimes. Mais après tout, était-ce si important ? Ce n'était qu'un premier contact.
À aucun moment de notre discussion, elle n'a retiré ses lunettes et nous n'avons donc jamais pu voir son visage en entier. Difficile de se projeter avec elle dans ces conditions. Pour couronner le tout, elle vivait dans un état qui ne reconnaissait pas la GPA et, pour que l'enfant soit légalement le nôtre, elle

devait accoucher dans l'état voisin. Voyant nos airs inquiets, elle nous a rassurés : elle venait de le faire pour un autre couple et tout s'était très bien passé. Elle était enjouée, dynamique et probablement très expérimentée, mais décidément, elle ne cochait aucune de nos cases et nous avons décliné son offre, un peu déçus, certes, mais nullement découragés. Ce n'était qu'une première fois. Patience, nous allions la trouver, notre *surrogate* idéale.
Malgré nos remarques, l'agence a continué à nous proposer des profils qui ne correspondaient pas à nos désirs et à chaque rendez-vous, nos cœurs jouaient aux montagnes russes. Qu'à cela ne tienne, changeons d'agence !

Et puis, nous sommes tombés sur Megan. Immédiatement, nous avons été conquis. Elle était exactement celle que nous recherchions. Nous aimions tout chez elle, son cadre de vie, sa personnalité, sa famille. Lors de notre première rencontre, toujours sur écran, elle est apparue aux côtés de son mari. Nous étions ravis, car la présence du mari faisait partie de nos exigences. Pour nous, c'était important qu'il soit impliqué dans la

surrogacy – la gestation pour autrui - et qu'il soutienne sa femme pendant la grossesse. C'était aussi la première fois depuis le début de la procédure que nous avions un échange aussi agréable. Tous les deux ne se contentaient pas de répondre à nos questions, ils nous en posaient tout autant. Tout semblait naturel et facile. Nous avions l'impression d'être avec des amis. Nous sautions de joie. Nous l'avions enfin trouvée, notre *surrogate*. Voilà, ce n'était pas si difficile, après tout !
Il suffisait de tomber sur les bonnes personnes !

Malheureusement, au moment de la signature des contrats, l'agence nous a fait part des frais d'assurance en vigueur en Californie, qui étaient de vingt mille dollars plus élevés que dans les autres états. Cette nouvelle nous a assommés.
Mais pourquoi ?
Tout simplement parce que la procédure de gestation pour autrui est plus répandue en Californie qu'ailleurs et que les assurances en profitent pour s'en mettre plein les poches. Cela n'avait rien à voir avec Megan et personne n'y pouvait rien.

Elle en était désolée, car elle aussi nous avait déjà adoptés.
Ensemble, nous avons retourné le problème dans tous les sens. Nous étions prêts à donner notre chemise, mais nous ne pouvions pas échapper aux assurances. Nous avons passé des nuits à compter et recompter. Il y avait bien une solution, ce n'était pas possible !
Un matin, c'est Max qui a pris la décision :

- Non, nous ne pouvons pas aller au-delà de ce budget. Ce n'est pas raisonnable. Il faut abandonner.

Comme ça a été dur de renoncer à elle ! Un véritable crève-cœur. Nous étions tellement déçus ! D'autant plus que les autres profils étaient soumis à la même contrainte financière. Nous devions donc tout reprendre à zéro, changer d'agence de nouveau et notamment changer d'état. Si près du but.

Cette expérience nous avait épuisés nerveusement. Il nous fallait récupérer des forces. Nous venions de perdre une bataille, mais nous n'avions pas dit notre dernier mot. Les vacances s'annonçaient, une pause serait la bienvenue.

C'est toujours au moment où on les attend le moins que les bonnes nouvelles arrivent. Nous étions tranquillement allongés sur la plage lorsque nous avons reçu l'appel de notre correspondante de San Diego.
Elle avait une nouvelle candidate à nous proposer.
« Elle n'habite pas en Californie, mais à Chicago. Du coup, plus de problèmes de surtaxes, *guys !* »

Max a immédiatement bondi.
C'est un inconditionnel de Chicago. Il y a passé six mois, en tant qu'étudiant et en a gardé un merveilleux souvenir. Chaque fois qu'il évoque cette période et surtout cette ville, il a des étoiles dans les yeux.
« Chicago? C'est un signe ! Ça va marcher, cette fois, j'en suis sûr. Chicago ! J'y crois pas, notre bébé va naitre à Chicago ! »
Difficile de le faire redescendre sur terre. Je n'en avais d'ailleurs pas envie. Sans avoir le même engouement que lui pour cette ville, je voulais y croire, moi aussi.

C'est ainsi, presque in extremis, qu'Olivia entra dans notre vie. Elle est mariée et mère de trois enfants. Elle n'a jamais porté pour autrui et se dit prête à élargir sa famille en intégrant la nôtre. Elle répond donc exactement à tous nos critères de départ.

Cette fois, c'est sûr, les planètes sont alignées, Olivia sera notre *surrogate* !

J'admirais ces femmes, qui, quelles que soient leurs raisons, se proposaient de porter un enfant pour autrui.
J'avais toujours entendu parler du miracle de la maternité et en particulier de cette symbiose qui semblait s'installer immédiatement et de manière presque divine entre la mère et l'enfant qu'elle portait. Pour moi, les choses avaient été différentes.

D'aussi loin que je me souvienne, je n'avais jamais ressenti, avant de l'être, le désir d'être mère. Bien qu'étant issue d'une famille conventionnelle et de surcroit méditerranéenne, je me sentais plus préoccupée par ma liberté que par l'envie de procréer. J'avais largement profité de tous les acquis de mai 68 sans avoir eu à défiler dans les rues, le soutien-gorge au bout d'une pique et le moindre hommage que je pouvais rendre à mes ainées féministes, c'était de récolter les fruits de leurs batailles en réussissant ma carrière, en parfaite autonomie.

Malgré tout, à l'approche de mes trente ans, je dus me résigner à céder à la pression familiale et aux sirènes de la normalité. Ce fut donc à reculons que j'entrai en maternité. Au début, à part des nausées et une envie irrépressible de dormir, je ne ressentais aucune empathie pour cette *chose* qui s'était installée dans mon corps.

L'enfant que je portais, et qui ne se manifestait pas encore, était-il une raison suffisante pour me faire renoncer à tous mes projets ? Je tentais d'en parler à mon entourage, mais les regards se faisaient durs et méprisants. Comment une femme enceinte ne pouvait-elle ressentir ce précieux et si évident instinct maternel ? Alors, mes doutes se muèrent en angoisses profondes jusqu'à me provoquer de véritables crises de panique.

Quelle mère allais-je devenir ?

Et cet enfant, qu'avait-il fait pour mériter une telle mère ?

Mon médecin était la seule personne avec laquelle je pouvais évoquer mon mal-être. Il me rassurait sans me culpabiliser et ne s'offusquait jamais de mes propos. À toutes mes interrogations, il répondait avec gentillesse et calme :

- Ne vous inquiétez pas, vous saurez l'élever, l'éduquer et vous trouverez toutes les solutions, le moment venu.

Être enceinte n'était donc pas resté un souvenir impérissable. Le seul point positif à ma grossesse fut de pouvoir manger tout ce dont j'avais envie et, par conséquent, de m'enrober sans scrupules - dix-sept kilos tout de même - et surtout sans reproches. Lorsqu'on fabrique un enfant, on a à peu près tous les droits : grossir, être de mauvaise humeur, pleurer, rire, bref, on vous pardonne tout, tant le travail que vous êtes en train d'accomplir est colossal. Je décidai d'en profiter pleinement tout en étant consciente que cette immunité serait de courte durée.

Dans une grossesse, arrive toujours le moment où l'embryon qui se développe devient un bébé qui bouge, qui donne des coups de pied et se rendort tranquillement. Je désirais une fille. Au quatrième mois, on m'annonça un garçon. Alors que tous mes proches se réjouissaient et applaudissaient, moi, je cachai mes larmes.

Cependant, mes pleurs de frustration furent brefs et j'eus ensuite cinq mois pour m'habituer à l'idée d'avoir un garçon, qui portait désormais un prénom : Raphaël. Au fil des jours, ce bébé devint le mien et, du plus profond de mes entrailles, je sentais que je saurais le protéger et le rendre heureux.
Enfin, à la mi-décembre, après un long travail, comme on dit pudiquement, mon fils naquit. Lorsqu'on le mit dans mes bras, tout propre, tout beau, malgré sa tête en ballon de rugby, qui avait tant effrayé son père, si bien fait, avec ses petits pieds et ses mains si fines – il sera pianiste, tu verras - mes peurs s'évanouirent. C'était mon enfant et je lui consacrerais ma vie, mes rêves, mes espoirs, aussi longtemps qu'il le faudrait.
Le séjour à la maternité fut, sans conteste, le plus merveilleux souvenir de ma grossesse, comme un sas de décompression avant de commencer la vraie vie.
Choyée, félicitée, j'étais très heureuse d'être au centre des attentions, dans la journée, mais le soir venu, je me sentais comblée par ce petit être si fragile et si dépendant qui me dévorait des yeux avec tant de confiance, même s'il ne me voyait pas

encore. Ces moments passés en vase clos réussirent à effacer mes doutes sur mes capacités à être mère en me permettant de tisser un lien indéfectible avec lui.

Pourtant, l'heure était venue de rentrer et d'affronter la réalité. Pourquoi les sorties de maternité se font-elles toujours vers midi, alors que le bébé meurt de faim, comme s'il n'avait jamais mangé de toute sa courte vie ?
Le retour à la maison se transforma rapidement en cauchemar lorsqu'il fallut, toute affaire cessante, préparer le premier biberon, battre mon propre record au changement de couche, tout en constatant avec effroi que nous n'avions pas anticipé l'achat des produits nécessaires pour nettoyer le nombril et le reste et, enfin, m'écrouler sur une chaise, espérant reprendre mon souffle... avant de me relever comme un ressort, en hurlant et en pleurant : les chaises élastiques de la clinique avaient, sournoisement, laissé la place aux chaises en bois de la cuisine... On m'avait pourtant discrètement prévenue d'un air entendu :

- N'oubliez pas de mettre une bouée !

Mais bien sûr, je n'avais pas jugé bon de tenir compte de ce précieux conseil !
Puis, d'apprentissage en apprentissage, à part la peur de mal faire ou celle de faire du mal, je n'eus plus jamais peur d'être mère et je sus que ma vie tournerait définitivement autour de ce petit être qui ne demandait qu'à manger, dormir et être aimé.
Comme tous les parents, nous tentions de suivre au mieux les conseils et les mises en garde.
«Attention, ne le prenez pas trop souvent dans vos bras, il pourrait s'y habituer »
ou
«Veillez à respecter les horaires des biberons si vous voulez qu'il se régule »
ou
«Vous pouvez le laisser pleurer un peu, ça va lui développer les poumons.»
Repenser à toutes ces injonctions me faisait sourire tant j'avais l'impression d'avoir vécu dans un siècle lointain. Cependant, Patrick et moi, nous n'avions qu'un seul objectif : être des parents parfaits.
Et ce n'était pas si simple de l'être même si nous nous conformions scrupuleusement aux consignes.

Mais qui peut bien laisser hurler un bébé, parfois jusqu'à l'étouffement ?
Certes, nous avions remarqué qu'il s'arrêtait net dès que nous nous approchions de lui, sachant déjà à qui il avait affaire, mais nous préférions écouter notre cœur, et notre raison aussi, il faut bien le dire, plutôt que suivre les ordres du pédiatre.

- Tant pis s'il s'habitue, ça ne peut pas être si grave, après tout !

Ainsi, comme tous les jeunes parents, nous naviguions à l'instinct plus qu'à la boussole et malgré les conseils, nous étions, le plus souvent, obligés de trancher dans le vif et de prendre nos propres décisions, tout en espérant qu'elles ne provoqueraient jamais de conséquences majeures pour l'avenir de notre enfant.

Et, bien sûr, il n'y en eut pas.
Parce que c'était effectivement comme cela qu'il fallait agir : en accord avec nous - mêmes, avec notre mode de vie, et avec tout notre amour.

Ça y est, cette fois, le processus est lancé et nous pouvons mettre un visage et un nom sur la femme qui va porter notre enfant. Même si tout cela reste assez abstrait, nous commençons à réfléchir aux pères que nous voudrions être.

Faire un bébé pour la plupart des couples, c'est une question de volonté ou d'alchimie. Parfois, ce n'est ni l'un ni l'autre, c'est juste le hasard. Pour nous, c'est le fruit de tant de démarches, tant de peurs et tant d'espoirs que nous avons encore du mal à nous projeter dans *l'après*. Pourtant, ce bébé devra, un jour, devenir un adulte et nous avons bien conscience que cela repose sur nos épaules. Mais, au fait, comment fait-on pour éduquer un enfant ? Faut-il lui imposer des règles ou le laisser libre de ses choix ?

Comme à peu près tout le monde, j'ai passé la plus grande partie de ma vie sans me préoccuper de cela sauf, de temps en temps, pour critiquer l'éducation

que j'ai reçue. Mais c'est à mon tour d'être père et toutes ces questions font maintenant sens.
Autour de nous, tous nos copains ont des enfants, ce qui est normal, étant donnée la tranche d'âge dans laquelle nous nous trouvons. Jusqu'à présent, nous nous contentions de jouer avec eux, mais depuis le début de cette aventure, nous les observons avec un peu plus d'attention. C'est un peu comme si nous étions en stage de parentalité. Cela nous permet de nous entrainer sur le terrain et de comparer nos réactions. Et nous, qu'aurions-nous fait à la place des parents, dans telle ou telle situation ?

Forcément, cela nous renvoie à notre propre éducation. Jean, le père de Max, était cuisinier et sa mère serveuse. Ils se sont rencontrés dans un grand hôtel à Londres. Il y effectuait un stage pour obtenir son diplôme et Mary, une jeune Anglaise de seize ans à peine, y assurait le ménage pour se faire de l'argent de poche. Un vrai coup de foudre. À la fin du stage, ils ont refusé de se séparer. Mary n'a pas hésité et a immédiatement tout quitté pour le suivre en France. Ils ont d'abord travaillé pour des patrons avant d'ouvrir leur propre restaurant près de Tours.

Bien que venant d'horizons différents, ils avaient, tous les deux, reçu la même éducation qu'ils ont automatiquement appliquée sur leurs deux premiers enfants. Cependant, lorsque Thibault est arrivé, huit ans plus tard, un peu par hasard, leurs principes s'étaient fortement émoussés. Quand il veut taquiner sa mère, Max lui rappelle cette période, en riant :

- Non mais franchement, nous n'avons vraiment pas eu les mêmes parents ! Avouez quand même qu'il avait tous les droits, le bébé à sa maman !

Cela dit, avoir deux enfants très rapprochés sur les bras n'a pas dû être facile pour eux tous les jours, d'autant qu'il fallait assurer un service au restaurant midi et soir. Pendant que Jean était aux fourneaux, c'est Mary qui gérait l'organisation de la maison. Au retour de l'école et juste après le goûter, c'était les devoirs. À dix-neuf heures, tout le monde passait à table. Les repas étaient toujours pris en famille. C'était un principe, mais c'était surtout le seul moment de la journée où ils pouvaient se retrouver tous ensemble. Une heure, juste pour eux, en dehors de toutes contraintes, à parler de leur journée, à jouer.

Ils prenaient leurs repas à l'office, entre la cuisine et la salle du restaurant. Sur le tableau blanc où était inscrit le menu du soir, il y avait une place pour dessiner le « pendu », un rituel auquel tout le monde participait. Plus tard, Thibaut, qui ne tenait pas en place, profitait de ce moment pour se défouler en s'entrainant à la course de vitesse autour de la table. Les grands, chargés de le chronométrer, mais qui préféraient discuter entre eux, lui annonçaient souvent des scores de record du monde qui faisaient briller ses yeux.
Lorsque le service du soir commençait, aux alentours de vingt heures, la vie professionnelle reprenait et les enfants partaient se coucher. Quant à la télévision, elle était limitée à une fois par semaine et encore, si personne n'était puni.
Lorsqu'il m'a raconté cela, Max a rigolé devant mon air ébahi.
- Quoi ? Tu veux dire que vous ne regardiez la télévision qu'une fois par semaine ? C'est possible, ça?
Il m'a vite rassuré en m'avouant qu'ils se débrouillaient souvent pour contourner la règle : il

suffisait d'attendre l'arrivée des clients pour allumer le poste en cachette.

- C'est moi qui faisais le guet. Tu t'imagines bien que si maman nous avait pris en flagrant délit de désobéissance, ça aurait bardé pour nous !

Cependant, même sans la télé, ils ne s'ennuyaient jamais. Sans doute parce qu'ils étaient tous les deux et qu'ils ne se quittaient jamais. Lorsqu'il faisait beau, ils jouaient dans le jardin et sur la place du village. Quant au restaurant, une fois vidé de ses clients, il se transformait, pour leur plus grand plaisir, en terrain de sport ou en salle de spectacle.

Dans le couple, Jean était celui que les enfants craignaient le plus. Lorsqu'il donnait une punition, il ne revenait jamais en arrière, même s'il lui arrivait de se tromper, commettant parfois de petites injustices et Mary ne s'opposait jamais à ses décisions. Max a toujours dit que ses parents ont eu raison d'être sévères et il avoue volontiers avoir souvent cherché les ennuis.

- C'est tout à fait normal d'être puni si on fait une bêtise. Par contre, une fois la punition exécutée, on n'en parlait plus... jusqu'à la bêtise suivante.

Nous n’avons pas eu du tout la même éducation. J’ai beau me creuser la tête, je n’ai aucun souvenir de punition ou de privation.

J’aime l'idée d'avoir été un enfant modèle, mais je pense surtout que les limites que mes parents m’imposaient étaient suffisamment élastiques pour que je ne les dépasse jamais. Lorsque j’ai posé la question à ma mère, elle s’est rapidement efforcée de trouver au moins un exemple, de peur de passer pour laxiste :

- Mais si, bien sûr... attends, oui, une fois...

Une seule fois ? C’était à peine croyable ! Et pourtant, c’était bien l'unique crise dont elle se souvenait. Nous étions dans un centre commercial, elle avait fini ses courses. Je voulais absolument acheter des bonbons à la tirette. Des bornes remplies de friandises pleines de sucres et de colorants se trouvaient à la sortie des caisses. Aucun enfant ne pouvait y résister. Il suffisait d’une pièce pour avoir un bon gros chewing-gum. Cette fois-là, plus que les autres jours, j’avais été, parait-il, déterminé à en avoir, au point de me rouler par terre en hurlant. Elle avait essayé de me raisonner, en vain.

- Je suppose que tu as cédé ?
- Tu plaisantes? Non, non! Pourtant, je ne savais plus où me mettre, tellement j'avais honte. Les gens devaient penser que je te maltraitais. J'avais les courses dans une main, mais j'ai réussi à te trainer jusqu'à la porte de sortie, de l'autre main ! Je n'allais pas te donner une fessée devant tout le monde, tout de même ?
- Quoi ? Tu m'as frappé ?
- Frappé, frappé... le mot est fort. Mais oui, peut-être. Ou alors, tu t'étais calmé avant ? Je ne m'en souviens plus. En tout cas, si je t'ai mis une fessée, c'est que tu la méritais. Et je ne t'en ai pas mis souvent, crois-moi, a-t-elle ajouté en riant.
- Et c'est tout ?
- Quoi, c'est tout ?
- Il y a bien eu d'autres crises, non ?
- Oui, peut-être une autre fois, mais tu étais plus âgé. Ce jour-là, tu étais tellement énervé que je t'ai soulevé et, hop, dans la douche tout habillé. Pour te calmer.
- Ah bon? Une douche froide?
- Non, il ne faut pas exagérer ! Disons tiède ! Mais ça a été radical. C'est fou, parce que je me rappelle bien

cette scène, mais je ne sais absolument pas ce qui t'avait mis dans cet état! Tu étais plutôt gentil, d'habitude!

- Mais à l'adolescence, tout de même, j'ai bien dû faire des bêtises, mentir, tricher. Difficile d'imaginer que j'étais un ange !

- Oui, bien sûr, comme tout le monde. En fait, je criais beaucoup et je menaçais souvent, mais je ne punissais pas. Il faut croire que c'était suffisant.

Ces différences éducatives compliquent notre analyse. Force est de constater que nous avons été, l'un comme l'autre, plutôt bien élevés. Alors je me dis que si nous pouvions prélever les meilleurs ingrédients de nos recettes respectives, nous arriverions sûrement à avoir, non pas un enfant parfait, mais un enfant qui nous ressemble.

- Mais toi, comment as-tu su ce qu'il fallait faire pour bien m'éduquer ?

Je les trouvais touchants, avec leurs interrogations et j'essayais d'y répondre le plus honnêtement possible.

Inévitablement, cela m'obligea à réfléchir à la manière dont Patrick et moi avions élevé notre fils et aux raisons qui nous y avaient incités. Lorsque l'enfant paraît, les jeunes parents doivent assumer un rôle dont ils ignorent tout et se confrontent à deux options : soit prendre modèle sur l'éducation qu'ils ont reçue, s'ils en ont été satisfaits, soit en prendre résolument le contre-pied, ce qui fut notre cas.

Pour Patrick, la question ne se posait même pas. Ses parents s'étaient séparés alors que sa sœur et lui étaient encore très jeunes. Leur mère se trouvant dans l'impossibilité provisoire de s'occuper d'eux, ils avaient été placés d'abord à l'assistance publique, puis en familles d'accueil. Il en avait gardé de

profondes blessures émotionnelles. Même s'il n'en avait jamais parlé, il était évident que, pour lui, élever un enfant, c'était d'abord lui offrir un cadre stable. Il avait souffert de la séparation de ses parents et dès notre rencontre, il avait été très clair :
« Je ne divorcerai jamais, quoi qu'il arrive. »

Le deuxième élément incontournable d'une éducation idéale, pour lui, était le plaisir. Il avait eu trop de contraintes et de frustrations pour en imposer à son fils. Aussi se moquait-il ouvertement des consignes qu'il estimait trop strictes. Très vite, je compris que je ne pourrais jamais compter sur lui, comme c'était le cas dans la plupart des couples, pour faire peur en brandissant le fameux carton rouge :
« Je te préviens, je vais tout dire à ton père et tu feras moins le malin après ! »

À la naissance de Raph, nous nous étions réparti les tours de biberon. En congé de maternité, je m'occupais de ceux de la journée, et Patrick, qui rentrait tard, prenait en charge ceux du soir, Une nuit, réveillée par des éclats de rire, je les trouvai tous les deux jouant, toutes lumières allumées, dans la salle à manger. Je lui demandai pourquoi notre bébé n'était pas en train de dormir. Il me répondit, comme si c'était une évidence :

- Moi, je ne peux pas me coucher juste après mon repas. J'ai besoin de digérer d'abord ! C'est pareil pour lui !

Furieuse, je soulevai mon enfant et le remis immédiatement au lit, ignorant ses pleurs :

« Crois-tu vraiment que c'est comme cela qu'il va distinguer le jour de la nuit, ton fils? Bon, à partir de maintenant, c'est moi qui m'occuperai de tous les biberons, point final ! »

Mon éducation, heureusement, n'avait pas été aussi tourmentée que la sienne. Mes parents étaient des pieds-noirs. Rapatriés d'Algérie en 1962, ils avaient dû se fondre dans une ville de province, au centre de la France. Tout quitter, du jour au lendemain, sans espoir de retour, avait dû être, pour eux, une expérience particulièrement pénible.

Je n'en avais pris conscience que très tardivement, car jamais ils ne s'étaient plaints et avaient fait de

leur mieux pour s'adapter tout en essayant de garder, malgré tout, leurs racines.
J'étais la dernière de trois enfants. Arrivée très jeune en France, je n'avais pas connu, comme mes aînés, de difficultés d'intégration. Je n'avais pratiquement pas de souvenirs de ma période algérienne et lorsque je les confrontais avec ceux de mon frère et de ma sœur, je me demandais souvent s'ils étaient réels ou induits par tout ce que l'on m'avait raconté.
Raphaël avait toujours été fasciné par mon histoire familiale et se revendiquait fièrement auprès de ses copains, comme un immigré. En sixième, il était revenu du collège, les yeux brillants de plaisir :

- On doit faire des exposés sur nos origines. Je vais faire le mien avec Mohamed. On vient tous les deux d'Algérie !

J'avais éclaté de rire en lui rappelant que lui, il était né, ici, en France, d'une mère n'ayant pratiquement pas connu son pays natal et d'un père breton. Il était déçu.
Je lui cassais son rêve d'originalité. Cependant, il décida de garder ces précisions pour lui et s'investit pleinement dans son dossier.

Il me posait beaucoup de questions sur notre vie « là-bas ». Un jour, j'avais évoqué les clémentines que nous offrait l'école avant les vacances de Noël. J'avais dû également souligner qu'à cette époque nous ne nous contentions de presque rien.

« Je jouais aux billes avec des noyaux d'abricots, moi, Monsieur ! »

Peut-être avais-je omis de lui préciser que le goûter de Noël, devenu ensuite dans toutes les cantines, le repas de Noël, était une pratique assez courante dans tous les établissements français – l'Algérie était alors un département français -. Et sans doute avais-je légèrement accentué le côté misérabiliste de la situation. Mais, pour lui, les clémentines avaient été nos seuls cadeaux et, dans son imaginaire, nous étions des malheureux privés de tout. Il adorait raconter cette anecdote, la larme à l'œil, à qui voulait l'entendre, jusqu'à ce qu'un jour, ma sœur intervienne pour rétablir la vérité :

« Mais non, ce n'est pas vrai ! Nous avions toujours des cadeaux pour Noël, comme tout le monde ! »

J'avais eu l'impression que la terre s'ouvrait sous ses pieds.

Lentement, il avait dirigé un regard accusateur vers moi et m'avait demandé d'un air glacial :
« Mais alors, les clémentines ? Ce n'était pas vrai? Tu m'as menti ? »

Comment lui expliquer, à lui qui n'avait jamais été déraciné, qu'il me *semblait* effectivement les avoir eues et qu'à défaut de souvenirs, j'avais parfois des flashes, des images ou des sentiments qui me *semblaient* tout à fait vrais ? Je n'avais même pas six ans et ma vie avait commencé ici, en France, sur des friches que ma mémoire essayait désespérément de combler.

Mon père était policier et travaillait de nuit. Le jour, il dormait. C'était donc ma mère qui s'occupait de la bonne marche du foyer. Chez nous, il y avait non seulement des règles à respecter, mais également des horaires et à une époque où les portables, voire le téléphone lui-même, n'existaient pas encore, un retard de cinq minutes pouvait déclencher une « alerte enlèvement ». Combien de fois avais-je dû, toute honte bue, rentrer à la maison à bord de la voiture de police venue m'attendre à la gare ?

Comme dans toutes les familles méditerranéennes, la priorité était donnée au garçon qui était un roi que l'on devait servir. Mon frère en avait usé et abusé, et si nous osions nous en plaindre auprès de notre mère, elle prenait immédiatement son parti :

- Mais, le pauvre, pourquoi essayez-vous de le contrarier ? Vous pouvez bien faire ce qu'il vous demande, ce n'est pas si compliqué ! Soyez gentilles avec lui !

Pour mes parents, et même s'ils étaient conscients que le monde autour d'eux changeait, les filles avaient vocation de devenir de futures bonnes maitresses de maison. Ma mère avait bien essayé de m'initier aux travaux de couture et à la cuisine, domaines dans lesquels elle excellait, mais je refusais systématiquement de coopérer. Sans parler des travaux ménagers qui nous incombaient, à ma sœur et à moi, et auxquels j'arrivais à échapper, prétextant parfois un mal de ventre ou un peu de fièvre.

Bien que mon père fût le seul à travailler, nous ne manquions de rien. Nous vivions même dans un certain confort, celui que permettaient les Trente

Glorieuses. Lorsqu'à mon tour j'avais eu un foyer et qu'à chaque fin de mois, je me battais pour payer mes factures sans être à découvert, je m'étais souvent demandé comment ma mère avait réussi à gérer son budget, avec trois enfants à élever et en faisant, de surcroit, des économies conséquentes ! J'étais plus dépensière qu'elle, c'était évident et surtout, j'étais plus encline à satisfaire mes plaisirs plutôt qu'à vivre de l'essentiel, comme elle.

Et la culture, chez mes parents, ne faisait certes pas partie de l'essentiel. Hormis la télévision – qui était un luxe à cette époque -, les seuls journaux présents sur la table du salon étaient des programmes télévisés et, très rarement, des romans-photos que je dévorais en cachette. Quant aux livres qui trônaient derrière la vitrine de la bibliothèque, c'était les premiers tomes de séries historiques proposées par les éditions Beauval que ma mère se faisait un plaisir de commander... parce qu'ils étaient gratuits et qu'ils faisaient « très chic » avec leurs titres dorés gravés sur des couvertures en simili cuir.
À leur décharge, il faut préciser que mes parents avaient dû interrompre leurs études après le

certificat d'études. En 1941, comme tous les élèves juifs, ils avaient été priés de rester chez eux. Aussi avaient-ils mis un point d'honneur à ce que leurs enfants profitent de l'école de la République, au minimum jusqu'au baccalauréat.

Mai 68 avait été une aubaine pour mon frère qui put, en même temps, sortir de l'emprise familiale et entrer dans la vie professionnelle. Ma sœur était une enfant calme et une élève studieuse, qui passait des heures, le soir, sur ses devoirs. Nous partagions la même chambre, sans avoir ni le même rythme ni le même tempérament. J'étais capable de mémoriser mes cours très rapidement et je profitais du temps restant pour me livrer à d'autres activités plus créatives et plus bruyantes, ce qui ne manquait pas de déclencher des disputes.

Mais ce que j'aimais par-dessus tout, c'était lire. Comme la plupart des gens de mon époque, c'était dans les bibliothèques de quartier que je trouvais mon bonheur jusqu'à ce que je découvre, au hasard d'une promenade, une vieille échoppe remplie de livres d'occasion, dans laquelle je troquai mon argent de poche contre une promesse d'évasion et de romance. Zola, Troyat, Guy des Cars, Hervé Bazin et tant d'autres, je dévorais tout ce qui me tombait sous la main, sans distinction, pourvu qu'ils m'entrainent loin de mon quotidien. Le livre terminé, je le ramenais dans la boutique pour l'échanger contre un autre. Je n'étais pas triste de ne pas le posséder, car, je savais que je gardais pour moi ce qu'il avait de plus précieux : son histoire.

Tout au long de ma scolarité, j'avais été « une bonne élève, un peu trop bavarde », ainsi que me décrivaient tous les professeurs. J'étais curieuse et souvent rebelle, particulièrement à l'adolescence. J'aurais même pu prétendre à un bel avenir, et intégrer une Grande École, comme l'avait fait ma meilleure amie. Seulement, à la différence des siens – sa mère était agrégée de lettres et son père PDG d'une grande entreprise - mes parents n'avaient aucune idée de ce que pouvaient être ces établissements et de toute façon, ils n'auraient jamais pu financer ce type d'études. Alors, le bac en poche, je n'avais eu le choix qu'entre deux voies : la faculté, pour être professeur – c'est bien, professeur pour une femme – ou un BTS, ouvrant sur un travail. À dix-huit ans, ce que je voulais, c'était me marier et quitter la maison paternelle. J'optai donc pour le BTS.

Enfin, il y avait le sujet délicat de la religion. Le judaïsme, pour peu qu'on le respecte à la lettre, est extrêmement contraignant. Mes parents, sans être orthodoxes, étaient croyants et pratiquaient sans se poser de questions.

« Ne fais pas ça ou ne mange pas ci ».

Très tôt, j'avais cherché à comprendre :

« Pourquoi, est-ce interdit ? »

Or, tout croyant le sait, si une personne commence à s'interroger sur le bien-fondé des préceptes religieux, c'est qu'elle est sur la mauvaise pente. Alors, mes parents se contentaient de me faire taire, sans me donner de réponse, et les yeux au ciel, ils imploraient Dieu de me pardonner. Je ne désirais évidemment pas les blesser, ni les choquer, encore moins remettre en cause ma religion. J'avais juste envie de comprendre.

Le hasard, qui fait parfois bien les choses, avait voulu que je rencontre Patrick, qui était non juif. Cela avait provoqué une grande levée de boucliers.

Mon père, déterminé à nous séparer, l'avait même menacé avec son arme de service, ne nous laissant que deux choix possibles : la conversion ou la rupture.
Patrick était athée, mais connaissait bien le judaïsme et en appréciait les valeurs familiales qui lui avaient tant manqué. Se convertir ne lui avait donc pas posé de problème majeur. Je l'avais épaulé dans ce véritable parcours du combattant – cinq longues années - trouvant par la même occasion, dans l'étude et la lecture, des réponses à bon nombre de mes questions. Cependant, elles n'avaient pas suffi à me convaincre et je dus patiemment attendre d'être mariée pour pouvoir pratiquer cette religion à ma manière n'en gardant que la sagesse et les joies des fêtes de famille et rejetant tout ce qui ne faisait pas sens pour moi.

Aussi, le jour où j'avais tenu mon bébé dans mes bras et que mes peurs s'étaient enfin apaisées, je m'étais juré de l'élever avec mon cœur et ma raison et de ne jamais lui imposer ce que je serais incapable de justifier. Faire un enfant avait été une décision difficile à prendre, mais puisqu'il était là, j'étais résolue à tout mettre en œuvre pour satisfaire ses besoins et ses désirs. Et, même si notre situation financière était, à cette époque, des plus précaires, je m'étais promis de ne jamais rien lui refuser. Je travaillerais plus s'il le fallait, mais je lui offrirais les loisirs et les vacances qui lui feraient envie et évidemment, les études qu'il voudrait, quel qu'en fût leur coût.

Et pour être sûre de tenir ma promesse, aussi longtemps qu'il serait nécessaire, j'avais décidé, quitte à décevoir mon entourage, que je n'aurais qu'un seul enfant. À voir aujourd'hui l'homme qu'il était devenu et le parcours qu'il avait suivi, j'étais très heureuse d'avoir rempli pleinement ma mission.

Pouvais-je, pour autant, répondre à sa question ?

- Comment avez-vous su ce qu'il fallait faire pour bien m'éduquer ?

- Es-tu certain que nous t'avons si bien élevé ?

- Bien sûr ! Vous m'avez toujours donné confiance en moi. Je me souviens que, lorsque je jouais au tennis et que je ratais les balles, papa ne s'énervait jamais. Et si je jetais ma raquette en criant « je suis

nul », il me la redonnait en me disant : « Non, tu n'es pas nul, tu manques juste d'expérience ! »
Et toi ... J'avais à peine quatre ans lorsque je collectionnais tout ce que je trouvais sur les dinosaures. Comme tous les gosses, j'imagine, mais toi, au lieu de te moquer, tu m'as aidé et valorisé. Et tu disais partout que j'écrivais une thèse. J'étais si fier !
J'en avais les larmes aux yeux. Je n'avais jamais vraiment réfléchi à l'impact de ce que j'avais fait. Ma vie avec lui avait été une fête permanente et mon seul objectif avait été de le rendre heureux.

Pourtant, il y avait une ombre à ce tableau idyllique et cette ombre venait nous rappeler que, quoi qu'on fasse et avec la meilleure volonté du monde, on pouvait, malgré tout, passer à côté de l'essentiel.

« Admettons ! Je t'ai bien élevé !
Mais, comment expliques-tu, alors que nous étions si proches, que je n'ai jamais compris que tu étais homosexuel ? »

Je n'ai jamais su choisir.
Qu'il s'agisse d'un vêtement, d'une paire de chaussures ou d'un meuble, je n'arrive jamais à me décider. Mes parents ont consacré leur vie à me donner tout ce que je voulais, alors forcément...

Lorsque j'émettais un vœu, même timidement, il était réalisé.
Avec mon père, la question du choix ne se posait jamais. Il était partant pour tout et comme il n'avait aucune notion du temps, nous pouvions passer des heures à jouer jusqu'à ce que maman nous arrête. Nous nous regardions alors comme deux gamins pris en flagrant délit de désobéissance mais nous recommencions dès qu'une nouvelle occasion se présentait.
Quant à ma mère, je me suis souvent demandé si elle ne mettait pas de caméra dans ma tête, car, le plus souvent, je n'avais pas besoin de dire, il me suffisait de penser et elle était capable de deviner mes envies.

En fait, ma vie se résume à un catalogue ouvert devant moi où j'avais absolument le droit de tout avoir.
Malgré cela, à l'adolescence, j'ai réclamé mon argent de poche. Comme elle m'offrait tout ce que je voulais, elle en a été un peu étonnée, mais bien sûr, j'ai obtenu gain de cause. Inutile de préciser que je n'ai jamais connu, comme les copains, la difficulté des « fins de mois ». Si j'avais envie de quelque chose dépassant mon budget, elle me disait :
« Laisse, ça me fait plaisir de te l'offrir. »
Ou bien, sans un mot, elle renflouait mon compte, ce qui revenait au même. J'aurais pu réellement devenir un affreux enfant gâté, mais je n'ai jamais été exigeant. Peut-être que je n'enviais rien parce que justement j'avais tout.

À la différence de Max, non seulement j'avais le droit à la télé, mais je la regardais avec ma mère, en rentrant de l'école. Nous prenions notre goûter, tranquillement installés devant des séries ou des dessins animés, tout en nous racontant notre journée.

Puis, nous passions aux devoirs. Là, elle redevenait prof et ne me lâchait que lorsque j'avais tout assimilé. Heureusement, j'apprenais très vite et il me restait encore suffisamment de temps pour jouer avec mes copains, avant le diner.

Le soir, c'était le rituel des histoires. Elle ne lisait pas. Elle racontait, elle brodait, elle mimait. Je me souviens de récits effrayants que j'écoutais le pouce dans la bouche. Même si cela me faisait un peu peur, j'aimais cela, car je savais qu'à la fin, je me blottirais contre elle jusqu'à ce que le sommeil m'emporte.
Lorsqu'il était à la maison, c'était mon père qui prenait le relais. Avec lui, c'était *no limit* et surtout place aux vrais livres. Il m'a lu *les Misérables* et *Vingt mille lieues sous les mers*, nuit après nuit sans faillir. Ça pouvait durer des heures si ma mère n'intervenait pas pour lui arracher le livre des mains.
Je ne veux pas créer de polémique, mais il faut bien reconnaitre que ces lectures à rallonge ont fait de moi un lecteur plutôt passif pour ne pas dire totalement paresseux.

J'ai été élevé dans la religion juive. Mes grands-parents étant plus pratiquants que mes parents et les règles changeaient lorsque nous étions chez eux. Ma mère répétait toujours en riant :
« Ça ne peut pas nous faire de mal de manger casher de temps en temps. »
Mon grand-père me considérait comme son héritier spirituel. Lorsque j'étais jeune, c'était une responsabilité un peu lourde à porter, mais depuis qu'il est parti, je suis fier d'endosser ce rôle.

Avant de faire ma Bar-Mitzvah, j'ai suivi les cours de Talmud, pendant un an. En principe, c'est plus long, mais maman s'était arrangée pour que cela ne s'éternise pas trop. Je rentrais à la maison avec beaucoup d'interrogations sur ce que l'on nous apprenait. Il y avait tant de préceptes, tant d'interdits que j'ignorais.
N'était-ce pas « dangereux » de transgresser les règles, comme nous le faisions quotidiennement ? Elle n'avait pas toujours les réponses, mais elle me disait que si je voulais respecter la religion telle qu'on me l'enseignait, elle m'aiderait avec plaisir,

même si, elle, elle avait fait son choix depuis longtemps.
Un jour, je suis revenu de l'école avec la décision de manger casher à la cantine. En fait, c'était parce que je détestais le rôti de porc, trop sec et trop cuit, qu'on nous servait régulièrement. Mes copains musulmans avaient le droit de manger autre chose et je les enviais.

- Pas de problème, si tu veux, tu peux le demander.

Mais casher, ça signifie « pas de porc du tout », et pas seulement le rôti.
Elle souriait sournoisement en insistant sur ce fait. Elle savait pertinemment que j'avais un faible pour la charcuterie et que je n'étais pas encore prêt à m'en passer ! Ainsi se sont donc envolées mes velléités de devenir un vrai pratiquant.

Aujourd'hui, j'ai conscience que ma famille compte sur moi et je fais mon possible pour être présent.
Ce n'est pas par obligation, car j'aime ces moments où nous nous retrouvons tous ensemble autour d'une table bien garnie et si je ne suis pas là physiquement, je tâche au moins de l'être virtuellement.

Quel que soit l'endroit où je me trouve, et, quelles que soient les personnes qui m'entourent, j'essaie de me plier, du mieux que je peux, au rituel de ces fêtes. Roch Hachana, Kippour, Pessah et Hanoukka sont des incontournables et je les ai emportées aux quatre coins du monde.
Au Sénégal, Éléonore et moi avions raclé des gâteaux secs pour récupérer les graines de sésame à mettre dans le miel pour la nouvelle année. Peu importe la signification religieuse de leur présence, mais il fallait qu'elles soient là, « pour que l'année soit douce comme le miel ».
En Bolivie, sur les hauteurs de La Paz, Max et moi avions déniché une toute petite synagogue fréquentée par une poignée de juifs. Ils nous ont accueillis avec bienveillance et nous avons été très émus d'allumer les bougies de la fête des Lumières avec eux.

Les parents de Max sont chrétiens. Eux non plus ne sont pas pratiquants, mais, comme nous, ils sont attachés aux traditions. Notre différence de religion n'a jamais été un problème. Très vite, nous avons

pris le parti de mixer nos coutumes dans le plus grand respect les uns des autres.
Ainsi, si Hanoukka tombe le soir de Noël, eh bien, tout le monde allume les bougies en écoutant la prière avant de s'attabler devant la dinde farcie de Jean. C'est ce joyeux mélange que nous aimerions conserver de nos deux religions.
On dit souvent que lorsque les parents ont des croyances différentes, l'enfant « pourra choisir quand il sera plus âgé ». J'ai vraiment des doutes et je pense plutôt que, dans ce domaine, il n'y a que trois positions : l'acceptation, l'adaptation ou le rejet.

Nous, nous avons choisi de nous adapter. Nos parents nous ont transmis des convictions, mais également des valeurs et c'est cela que nous ferons, à notre tour, avec notre enfant.

Enseigner avait été mon métier et ma passion. Pourtant, cela n'avait pas été mon premier choix. Même si j'avais opté sciemment pour une voie courte, je m'étais souvent interrogée sur les raisons de mon orientation initiale, un BTS de gestion et de distribution. J'étais pourtant une littéraire dans l'âme, sans aucune affinité pour les domaines plus terre à terre. Pressée d'entrer dans la vie active, j'avais sans doute été attirée par les feux de la consommation qui avaient embrasé les années 70. Je devais probablement m'imaginer dans une de ces agences de publicité qui poussaient comme des champignons, ou à la tête du service achat d'un grand magasin, parcourant le monde pour dénicher de nouveaux produits.

La réalité fut moins brillante. Oui, j'avais travaillé dans la distribution, mais j'avais vite déchanté. Parce que j'étais diplômée, fait rare à l'époque dans ce secteur, qui plus est pour une femme, j'avais été sollicitée pour créer le premier rayon textile d'un hypermarché. Cela aurait pu être exaltant, mais

nous n'étions qu'au tout début des grandes surfaces et on ne parlait pas de règlementation sur le travail, les horaires ou les relations humaines. Le cadre, que j'étais, était dispensé de pointeuse, mais, en contrepartie, ne devait pas compter ses heures. Il ne devait pas, non plus, compter sur les syndicats, encore inexistants. Régulièrement, je retrouvais, sur mon bureau, des images pornographiques, glissées dans mon courrier par mes collègues, tous masculins, qui ricanaient sous cape, guettant ma réaction. On me rappelait ainsi quelle était ma place. Il n'y avait, alors, aucun recours possible ni tribunal disposé à vous défendre ni *hashtag metoo*. Il fallait donc savoir se montrer plus forte qu'eux et ne pas rougir, ou plus intelligente, mais cela, ce n'était pas très compliqué.
Un jour, mon travail fini, je décidai de rentrer, un peu plus tôt que d'habitude. Mon directeur, qui agissait avec moi comme un tyran, s'y opposa. Sûre de mon bon droit, je refusai d'obtempérer. Furieux et vexé, il me rattrapa avant que je ne franchisse les portes de sortie et, me tirant par les cheveux, me ramena à mon bureau. Ce fut la dernière goutte qui fit déborder le vase. J'écrivis une longue lettre de

plaintes au directeur régional de la chaine qui, conscient de la gravité de la situation, me proposa ce que l'on appellerait, beaucoup plus tard, une rupture conventionnelle.

Marquée à vif par mes cinq années dans la distribution et en plein *burn out*, maladie qui n'existait pas encore, je ne voulais plus du tout travailler. Je désirais juste étudier. Je me tournai enfin vers la filière littéraire. Après la maîtrise, pardon, le *master*, j'aurais pu continuer vers un doctorat, si je n'avais pas été rattrapée par les contingences matérielles. À l'approche de mes trente ans, après une série de petits boulots, je finis par intégrer l'Éducation nationale. D'abord auxiliaire, j'occupai des postes de remplacement, les uns plus difficiles que les autres, qui m'arrachaient souvent des larmes, mais pour rien au monde, je n'aurais abandonné. Enseigner, c'était savoir se remettre en question et avoir le cerveau toujours en ébullition, à la recherche d'une idée pour un cours ou un nouveau projet. Ce que j'avais aimé dans ce métier, c'était la proximité des jeunes qui m'obligeaient à « rester dans le coup ». Cela me

permettait, par ricochet, de mieux comprendre mon fils.
J'avais été sévère, en tant que prof et en tant que mère. Certes, je plaçais parfois la barre un peu haut, mais je répétais toujours que si on visait les étoiles, on ne pouvait pas tomber trop loin d'elles. Cependant, ce n'était pas la perfection qui m'intéressait. Ce que je voulais, avant tout, c'était leur donner l'envie de se dépasser.

Comme beaucoup de gens de ma génération, j'avais dû me battre pour construire ma carrière. Mon fils en avait été le témoin privilégié le jour où je me préparais à passer l'épreuve de géographie de mon concours de professeur. Il n'avait alors que cinq ans et il avait mis un point d'honneur à tailler tous mes crayons de couleur pour me porter chance. Je lui avais avoué que, réfractaire à cette matière, pour ne pas dire quasiment nulle, je n'avais pas grand espoir de réussir, mais qu'il n'était pas question de baisser les bras avant d'être vaincue.
« Même quand on n'y croit pas, on doit donner le meilleur de soi-même. Et puis, qui sait ? Nous avons

tous une petite étoile dans le ciel qui ne brille que pour nous, alors... »
Lorsque j'étais rentrée, je souriais avec malice, car j'étais tombée sur « le » sujet que j'étais en train de réviser, juste avant de franchir les portes de la salle d'examen.
« Je dois être à peu près la seule candidate à avoir donné la population exacte de Détroit, ça jouera peut-être en ma faveur ? »
Et je l'avais réussi, ce concours, peut-être pas grâce à Détroit, ni aux crayons de couleur, et encore moins à la géographie, mais grâce à ma ténacité... et sûrement à cette fameuse petite étoile.

Sans doute, mes exigences avaient-elles été un poids pour Raphaël à certains moments de sa scolarité, mais, pour son orientation post-bac, je l'avais laissé libre de ses choix, me contentant de veiller en arrière-plan. À ma plus grande satisfaction, lorsqu'il s'était mis à préparer ses concours, je n'avais pas eu besoin de le forcer pour qu'il vise les écoles les plus prestigieuses.
Une fois ses études terminées, il m'annonça qu'il n'avait aucune intention de devenir ingénieur. Le

théâtre avait toujours été sa passion et il voulait désormais s'y consacrer.
Mon premier réflexe avait été de rejeter cette idée. Comment pouvait-il avoir décroché le Graal et ne pas s'en servir ? Puis, je me souvins de mon parcours et de mes frustrations. Combien aurais-je donné, à son âge, pour être libre de mes choix ?
Alors, fidèle à la promesse que je lui avais faite, les yeux dans les yeux, à la maternité, non seulement je finis par approuver son projet d'intégrer une école de théâtre, mais je décidai également de la financer aussi longtemps qu'il le faudrait.
Avec courage, il avait commencé à gravir l'escalier de la renommée, jusqu'à en atteindre la dernière marche.
Lorsque, désormais, assise dans l'obscurité de la salle de spectacle, je l'admirais sur scène, épanoui et heureux sous les applaudissements du public, je ne pouvais m'empêcher d'être fière, à la fois, du travail que j'avais accompli et de tout le chemin qu'il avait parcouru.

Maxime avait été éduqué avec les mêmes principes par des parents qui, eux non plus, n'avaient jamais reculé devant les difficultés de la vie. Je n'avais donc pas été très étonnée de les voir s'attaquer, tous les deux, à cette montagne administrative et judiciaire qu'était la GPA. Ensemble, ils étaient encore plus pugnaces. Cependant, je les savais organisés et réfléchis et, bien que je ne puisse m'empêcher de ressentir un peu d'angoisse – c'était dans ma nature et je ne pouvais plus me refaire -, j'étais certaine qu'ils arriveraient à bout de leur projet. Parfaitement conscients de tous les risques, ils éliminaient, méthodiquement, toutes les difficultés devant eux et étaient persuadés qu'ils avaient, eux aussi, une bonne étoile qui les protégeait.

Et ce n'était sûrement pas moi qui aurais pu leur dire le contraire !

Pour faire plaisir à ma mère, propulsée en quelques mois de confinement, spécialiste de Netflix, Max et moi avons testé une série israélienne qui s'est révélée plus instructive que nous ne l'aurions imaginé.

L'action se passe dans le milieu très religieux et très fermé de Jérusalem et relate l'histoire d'une famille ultra-orthodoxe.

Au fil des épisodes, et particulièrement dans la dernière saison, on voit les personnages tiraillés entre leurs certitudes millénaires et la société moderne qu'ils sont obligés de côtoyer, même de loin. Parmi eux, une jeune femme, dévastée de ne pas pouvoir avoir d'enfant, en raison de sa santé trop fragile. Un soir, elle ose aborder le sujet avec son époux et évoque la possibilité de faire appel à une mère porteuse. Nous avons eu du mal à en croire nos yeux et nos oreilles et nous avons, du coup, attendu la suite avec beaucoup d'intérêt.

Le mari, étudiant talmudique, totalement décontenancé, court aussitôt en référer à son rabbin, comme on le fait dans ces communautés, pour tous les problèmes, même les plus intimes. Celui-ci l'écoute avec attention et, en deux temps, trois mouvements, il déniche deux précédents de mères porteuses dans l'Ancien Testament.

Le premier exemple est celui de Sara, qui ne pouvait pas avoir d'enfant et qui dit à Abraham :
« Vois, je te prie, Yahvé n'a pas permis que j'enfante. Va donc vers ma servante. Peut-être obtiendrai-je par elle des enfants. Et Abraham écouta la voix de sa femme. » *(Genèse 16.1 et 16.2)*

Le second est celui de Rachel qui ne pouvait pas donner d'héritiers à Jacob. Elle aussi va proposer sa servante :
« Va vers elle et qu'elle enfante sur mes genoux : par elle j'aurai moi aussi des enfants. Jacob s'unit ainsi à sa servante qui enfanta un fils. » *(Genèse 30.1 à 30.5)*
Jacob eut ainsi deux enfants, Dan et Nephtali, dont la descendance formera deux des douze tribus d'Israël.
Bel exemple de famille reconstituée, n'est-ce pas ?

Évidemment, personne n'oserait parler de GPA pour Rachel ou Sara, mais les faits sont là, inscrits noir sur blanc dans l'Ancien Testament : leurs enfants ont bel et bien été portés par une autre femme et c'est sur cela que le tribunal rabbinique s'est basé pour donner son feu vert à la loi sur la gestation pour autrui.

Ma mère, dont la patience n'a jamais été une qualité, guettait notre réaction :
« Alors, vous avez vu l'épisode sur la GPA? C'est dingue, non? »
Comme elle savait que nous serions sceptiques, elle avait pris les devants et s'était renseignée sur la part de la réalité et celle de la fiction dans la série. Pour nous convaincre, elle avait retrouvé l'article de loi qui avait autorisé la GPA, depuis 1996, pour les couples hétérosexuels, juifs, israéliens et stériles.
Le texte précisait également que « le tourisme procréatif » était strictement interdit.

« Tourisme procréatif ». En voilà une drôle de façon de désigner tous ces couples qui n'ont aucune autre solution pour avoir des enfants !

Cette expression nous place au même niveau que ceux qui pratiquent le « tourisme sexuel » ou encore le « tourisme médical ».

« Ce ne sont que des mots, on s'en fiche. Seuls les faits comptent, disait-elle surexcitée. »
Et, comme on garde le meilleur pour la fin, elle nous avait mis sous les yeux, un second texte, plus récent, annonçant l'élargissement de la loi aux couples homosexuels.
« Cette fois, les rabbins n'ont pas validé. Il faut les comprendre, les pauvres ! C'est vrai qu'à part Sodome et Gomorrhe, ils n'ont pas dû trouver grand-chose sur les homosexuels dans la Torah! avait-elle conclu en éclatant de rire. »

Mille neuf cent quatre-vingt seize !
Comment est-il possible qu'un état aussi religieux ait pu autoriser la GPA, aussi tôt, alors qu'elle est toujours interdite en France, pays qui place la laïcité au premier rang de ses valeurs? Pourquoi tous ces sujets, que ce soit la procréation assistée ou l'homosexualité, provoquent-ils autant de peur ou de haine dans nos sociétés ? Que craint-on au juste

de nous ? Au nom de quelle morale, cherche-t-on systématiquement à stigmatiser, voire à punir, ceux qui, comme nous, ne rentrent pas dans la *norme*? Et de quelle *norme* s'agit-il ?

Lorsqu'un couple homosexuel évoque son désir d'enfant, on lui répond :
« Vous êtes homosexuels, c'est votre choix, vous devez l'assumer. »
Mais de quoi parlons-nous? Les gens imaginent-ils que je me suis réveillé un matin, en me disant :
« Tiens, je vais aimer les garçons, ça changera un peu. »
Je n'ai pas choisi d'être homosexuel. Je m'en suis rendu compte, en secret, jour après jour. J'ai tout fait pour refouler ces pensées et ces désirs. Je voulais juste être *normal*, c'est-à-dire, être celui qu'on voulait que je sois. Mais plus je vieillissais, et plus c'était difficile. Malgré tous mes efforts, je n'ai rien pu empêcher et si je n'avais pas trouvé la force de vivre mon homosexualité librement, je me serais probablement perdu.
Max et moi, nous avons lutté parfois l'un contre l'autre, mais le plus souvent ensemble et,

aujourd'hui, nous sommes fiers de notre couple. Et nous voulons des enfants, nous aussi, comme tous les couples.

Si les rabbins les plus orthodoxes de la planète, qui ne tolèrent aucune entorse aux lois datant de l'époque de Moïse, ont réussi à autoriser la gestation pour autrui, alors, je me dis que c'est un signe :

Oui, nous l'aurons notre enfant et par la grâce de Dieu, en plus !

La Mère,

Quitte à n'avoir qu'un seul enfant, je désirais une fille. Parce qu'une fille, c'était rester dans ma zone de confort. Je voulais jouer à la poupée, choisir de jolies robes et mettre des nœuds dans ses cheveux, comme le faisait ma sœur. Avoir un garçon, c'était surtout devoir l'accompagner aux inévitables tournois de foot, toutes les fins de semaine, entourée de papas gonflés de testostérones et fiers de leurs fils qu'ils imaginaient déjà dans l'équipe de France. Si une mère osait dire cela aujourd'hui, elle serait montrée du doigt et recadrée rapidement, mais c'était il y a plus de trente ans et on ne parlait pas encore de genre.
Seulement voilà, en réalité, je n'avais pas eu un garçon ou une fille, mais simplement un enfant. Et je l'avais élevé, du mieux que je pouvais, avec mes convictions et, contre toute attente, je ne m'étais jamais sentie frustrée.

Raphaël avait été un enfant facile, jovial et ouvert. Il n'aimait ni les dessins animés violents ni les armes, comme les autres petits garçons.

Peut-être, tout simplement, parce que nous ne lui en avions jamais proposé. À mon grand soulagement, il avait préféré les sports individuels. Pas de stades de foot, donc, mais des terrains de tennis qui, il faut bien le dire, ne regorgeaient pas toujours de parents très *fair-play*. Cependant, les tournois avaient l'avantage de ne pas être réguliers, ce qui nous laissait une certaine liberté pour d'autres activités.

Nous étions très complices, même pendant l'adolescence, période. Lorsque je voyais mes amies se débattre avec leurs filles, je bénissais le ciel d'avoir eu un garçon.
Jamais je n'aurais pu supporter les phases, incontournables de minauderie et de maquillage des adolescentes perturbées par leurs hormones. Et, par-dessus tout, j'avais été heureuse d'échapper aux inévitables jalousies mère-fille de cette période.
Notre complicité se poursuivit jusqu'à la post-adolescence, cette partie de la vie où le garçon essaie de devenir un homme et se coupe de sa mère pour aller vers sa femme, contrairement aux filles qui, elles, finissent par s'en rapprocher. Je redoutais le moment où j'allais être une « belle-mère » qu'on

jugerait trop envahissante. Et je me doutais bien que lorsque des petits-enfants naitraient, ma belle-fille se tournerait vers sa mère, ne me laissant que le second rôle.

Même si la relation avec Éléonore avait duré sept longues années, j'avais préféré rester à l'écart, sans m'investir. Je me disais qu'ils étaient encore très jeunes et qu'ils avaient le temps de songer à leur avenir. Mais ce petit couple semblait tenir et cette « belle-fille » qui s'installait dans la vie de Raphaël faisait place nette autour de lui. C'était dans l'ordre des choses.
« On n'élève pas les enfants pour soi, mais pour eux, me répétait-on. »
Je le comprenais, mais cela me rendait triste, au point, parfois, de me faire regretter de n'en avoir eu qu'un.

Au moment où mon fils prenait son envol, je prenais conscience que je n'avais eu qu'un seul vrai rôle important dans ma vie : celui d'être mère. Ne plus l'être à temps complet ouvrait un gouffre sous mes pieds et me donnait le vertige.

Évidemment, il avait fini par se sentir étouffé par cet amour exclusif.
À vingt ans, faisant une parenthèse dans ses études, il décida de partir une année entière sur les routes d'Afrique. Nous n'avions encore jamais été séparés aussi longtemps et les moyens de communication de l'époque n'étaient pas ceux que l'on pouvait connaitre aujourd'hui. Lorsque je le suppliai de me téléphoner le plus souvent possible, il me répondit : « Crois-tu vraiment que je mets six mille kilomètres entre nous pour t'appeler tous les jours ? »

Il n'avait pas fait de crise d'adolescence, mais il venait de couper son cordon avec les dents.
Je vivais un deuxième accouchement aux forceps : douloureux, mais vital. Et nous le savions tous les deux.
Heureusement, et bien que cela restât insatisfaisant, j'eus des coups de fil réguliers. Non, il ne m'oubliait pas et même au milieu de la brousse, il me faisait partager ses joies et ses peines. Finalement, loin de nous séparer, cette année de rupture avait sauvé notre relation.

Désormais, nous étions deux adultes, qui marchions côte à côte - et pourquoi pas main dans la main -, mais avec des vies et des projets différents. Peut-être était-ce à cause de cela que je m'étais, ensuite, refusée à m'immiscer dans son intimité, passant à côté de l'essentiel? Je le laissais choisir ce qu'il voulait me confier et je ne lui en demandais pas plus.
Maxime avait également un rapport fusionnel avec sa mère et il l'aimait autant que Raphaël m'aimait. Cela réduisait les risques de friction, car tout le monde y trouvait son compte, même s'il avait fallu renoncer à cocher la case « petits-enfants ».

Cette annonce de GPA remettait tout en question et puisque les garçons avaient décidé de vivre cette aventure en famille, je n'allais pas me priver de ce plaisir.
J'avais eu peur d'être reléguée à l'arrière-plan, et me voilà assise aux premières loges. En effet, leur souhait était de nous intégrer à chaque étape du processus.
Comme pour le choix de la donneuse d'ovocytes.

Tous les deux, ils étaient tombés amoureux de Joy, une très jolie brune aux yeux bleus. Ils m'avaient demandé de me concentrer sur sa personnalité pendant qu'ils passaient sa fiche génétique au peigne fin. Mon petit-fils lui ressemblerait un jour, puisque c'était elle qui lui donnerait ses gènes, alors autant qu'elle réponde à ce que j'avais toujours exigé d'une femme :
« Surtout pas de conne ! »
Et nous avons, ensemble, validé son profil.

Et puis, était arrivée la difficile sélection de la *surrogate*. Ce terme anglais revenait sans cesse dans leurs conversations.

- Pourquoi dites-vous toujours *surrogate* ? Pourquoi pas « mère porteuse »? C'est bien aussi, en français, non ?
- La femme que nous choisirons ne sera jamais la mère de notre bébé. Il n'aura aucun de ses gènes. Son rôle, et c'est déjà énorme, c'est de le porter pour nous. Donc, on préfère l'appeler *surrogate*, comme cela, on évite toute ambigüité.
- Mais que direz-vous à votre enfant ?

- Eh bien, la vérité ! Que nous l'avons désiré et comme nous ne pouvions pas le porter, une femme formidable a bien voulu le faire pour nous, tout simplement.

Pour faire leur choix, ils devaient ressentir leur fameux coup de cœur. En retour, cette *surrogate* devait accepter de rester dans leur vie afin que leur enfant puisse identifier celle qui lui avait permis de venir au monde.
Ils s'étaient montrés très discrets quant à leurs démarches, attendant le bon moment pour nous en parler. Un jour, il y avait eu une certaine Megan qui semblait être « la » candidate idéale.
Malheureusement, ils n'avaient pas pu conclure avec elle. Ils en avaient été très affectés, mais n'avaient pas voulu s'étendre sur le sujet.

Quelques semaines plus tard, ce fut Olivia qui remporta la victoire. Ils étaient très émus lors des présentations officielles. Ils avaient attendu le soir de Noël. Nous étions tous regroupés autour de l'ordinateur, impatients de la rencontrer. C'était comme si nous faisions connaissance avec notre

belle-fille, sauf que celle-ci était mariée, mère de trois beaux enfants et « fiancée » avec les deux garçons.
Pour elle aussi, c'était une grande aventure, mais elle semblait très à l'aise et parfaitement épanouie. Pour couronner le tout, elle était ravie d'ajouter à sa famille, déjà métissée, - ils sont américains d'origine mexicaine -, des anglais chrétiens et des français juifs.

Au festival des familles recomposées, nous allions, à coup sûr, remporter une palme, haut la main !

Olivia est maintenant enceinte de cinq mois et tout se passe à merveille. Comme tous les papas, nous vivons, avec elle, chaque étape de sa grossesse. Elle est dynamique, positive, très courageuse et nous sommes très fiers qu'elle porte notre bébé. Elle nous fait partager tout ce qui lui semble essentiel et nous, nous l'incluons dans tous les événements importants de notre vie.
À travers elle, c'est aussi à notre fils que nous racontons notre histoire, nos joies, nos fêtes pour lui constituer sa réserve de souvenirs intra-utérins.

Cependant, il faut bien l'avouer, cette situation est parfois difficile à vivre et nous rêvons au jour où nous pourrons traverser l'océan pour la rencontrer et mettre enfin nos mains sur son ventre. Nous aurions tellement aimé être là pour sentir les fameux premiers coups de pied ! Tous les couples évoquent cela avec tant d'émotion ! Nous, nous devons nous contenter des *textos*, souvent brefs, et des rendez-vous hebdomadaires en *visio*.

C'est frustrant, bien sûr, mais nous nous estimons chanceux et, patiemment, nous rayons chaque jour qui passe sur le calendrier, parce que chaque jour barré nous rapproche un peu plus de notre bébé. C'est le prix à payer pour réaliser notre rêve et nous l'assumons.

Évidemment, nous assistons à toutes les échographies. Même si nous commençons à y être habitués, nous avons besoin, chaque fois, de nous pincer pour être sûrs de ne pas rêver. Chacune est différente et apporte son lot d'émotions.

La première fois, c'était lors du transfert, mené de main de maître par le docteur D.

Quel moment magnifique ! Nous ne sommes pas prêts de l'oublier ! Je ne sais pas si tous les couples se souviennent du jour où ils ont conçu leur enfant - je le leur souhaite, en tout cas – mais nous, nous pourrons en parler sans faire rougir tout le monde !

Olivia s'était rendue à San Diego, avec Paulo, son mari, qui l'accompagne dans toutes les étapes de cette aventure. Nous leur avions réservé une jolie chambre et avions même prévu un massage décontractant pour elle.

Décalage horaire oblige, nous avons attendu le milieu de la nuit pour assister au transfert. Nous étions totalement détendus, un peu comme si nous ne réalisions pas l'enjeu de cette soirée. Notre cher docteur D. commentait tous ses gestes, nous conseillant de suivre, sur les écrans, le parcours de l'embryon dans l'utérus d'Olivia. Nous avions beau nous concentrer, nous ne savions pas où mobiliser notre attention. Au bout de quelques minutes à peine, il a annoncé, triomphant :
« *OK guys, baby is in place !* »
C'était passé si vite que nous nous sommes sentis frustrés de n'avoir rien pu voir.

Tous nos proches étaient au courant de ce qui était en train de se dérouler et toute la nuit, les messages ont fusé sur nos portables. Ils arrivaient de partout, de la famille, des amis, parfois de l'autre bout du monde. Tous nous envoyaient leurs ondes positives. Nos deux mères ont allumé des bougies, en priant, chacune à leur manière. Nous avons reçu des poèmes, des chansons ou juste des encouragements et c'est seulement grâce à cette déferlante d'amour que nous avons compris ce qui venait de se passer.

Inutile de préciser l'état dans lequel nous avons fini la nuit, vidés de toutes nos émotions. Notre rêve se réalisait, nous allions devenir papas.

Lorsqu'Olivia est rentrée chez elle, elle était absolument persuadée que le transfert avait réussi. Depuis le début des traitements, elle prépare son corps à accepter notre bébé. Elle refuse de se laisser mener par lui. C'est elle qui le dirige. Elle a eu trois enfants et elle est capable de reconnaitre tous les signes avant-coureurs d'une grossesse. Ainsi, au moment de faire son premier test de grossesse, elle n'a pas été surprise : elle était enceinte. Il ne restait plus qu'à confirmer la présence de notre bébé, un mois plus tard, par échographie.

Même scénario, même émotion. Derrière notre écran, plus anxieux, cette fois que lors du transfert, nous guettions la moindre trace de vie.
Si elle s'était trompée ? Et si, finalement, cela n'avait pas marché ?
Une fois de plus, nous ne savions pas où mobiliser notre attention. Nous cherchions désespérément, mais il n'y avait rien, à peine un infime point noir

qui clignotait. Le silence était pesant. Enfin, venu d'on ne sait où, on a perçu un tout petit bruit, comme un écho discontinu. Immédiatement, le radiologue a confirmé que c'était le cœur de notre bébé. Olivia était tellement heureuse. Elle riait en nous disant :

- Je le savais, les gars, on a réussi! Regardez ce point, on dirait un *frijol*, un haricot noir miniature.

Cette fois, ce n'était plus un rêve. La vie venait de s'implanter dans le ventre d'Olivia. Serrés l'un contre l'autre, nous nous sommes endormis en priant que ce haricot veuille bien désormais se transformer en bébé.

Cependant, ce qui est le plus dur à supporter dans une grossesse est le sentiment d'impuissance. Je ne pense pas que ce soit uniquement dû à l'éloignement physique et je suis sûr que tous les papas ressentent la même chose. Le bébé s'installe dans le ventre d'une femme laissant l'homme en dehors de cette complicité. Et il faut s'estimer heureux si elle nous jette quelques miettes pour participer à la fête.

Tant qu'on ne vit pas cette expérience, on a du mal à comprendre le sentiment de frustration qu'un homme peut éprouver pendant la grossesse. Pas étonnant que certains dépriment ou se mettent à grossir de manière irraisonnée.
Max et moi, nous n'en sommes pas là, enfin pas encore ! Et c'est sûrement la conscience de vivre une grossesse pas comme les autres qui nous maintient la tête hors de l'eau.

Le temps passe et le bébé prend une forme plus « humaine ». Pour l'échographie des cinq mois, nous l'avons même vu sucer son pouce. Les clichés en 3D sont ahurissants de réalisme et nous étions très heureux de présenter pour la première fois Diego (et oui, c'est un garçon et il s'appellera Diego) à nos parents.
Mary, très émue, s'est immédiatement exclamée :

- Il suce son pouce, comme Maxime au même âge.

J'ai vu ma mère se crisper.
Elle a blêmi. Les embryons de Max étant meilleurs que les miens, je ne suis pas le père génétique de cet enfant. Même si cela ne revêt aucune importance à

nos yeux, j'ai bien senti qu'elle n'avait pas envie qu'on le lui rappelle de cette façon.

- Moi aussi je suçais mon pouce et pas que dans le ventre de maman, d'ailleurs ! ai-je aussitôt répliqué.

Mary réalisant sa maladresse, s'est immédiatement reprise :

- Évidemment, tous les bébés sucent leur pouce.

Maman s'est détendue. Il n'y avait aucune raison d'assombrir ce moment avec de tels détails.

Nous avons fêté la nouvelle autour d'un bon diner, comme d'habitude.

Ce jour-là, Max et moi, nous avons compris que nous avions beaucoup de chance d'avoir une famille formidable. Quelles que soient nos décisions, nos parents nous suivent et font bloc derrière nous, même si, et nous en sommes conscients, ce n'est pas toujours facile pour eux.

Nous sommes très fiers que Diego entre dans cette famille-là.

- Au fait, il faut que je vous dise...
- Quoi encore ?

Qu'est-ce que cette phrase, qui revenait comme un refrain pour modifier le cours de nos vies depuis sept ans, pouvait encore nous apprendre ?

- Diego n'est finalement pas un garçon ? Vous attendez des jumeaux ?

Si mon cœur avait battu la chamade toutes les fois où j'avais entendu ces mots, j'avais l'impression que, mise à part une mauvaise nouvelle, rien ne pourrait plus m'atteindre et je décidai de le prendre avec humour. Je regardais mon fils droit dans les yeux pour y déceler une trace d'inquiétude ou de tristesse. Il éclata de rire.

- Non, non, enfin pas aux dernières nouvelles, en tout cas. Max et moi, nous allons nous marier !

Ah oui, bien sûr, le mariage ! Leur union était une telle évidence que je n'y avais même pas pensé. Pourtant, ils en avaient évoqué la nécessité, au moment de l'annonce de la GPA. Pour eux, comme pour beaucoup de jeunes couples, cette institution ne signifiait plus grand-chose. Ils étaient pacsés depuis un moment et allaient fêter leurs dix ans de vie commune au cours desquels ils avaient pris le temps de se découvrir, de douter pour mieux se souder envers et contre tous.

Leur histoire avait été un chemin rempli d'amour et d'amitiés, mais aussi semé d'embûches qu'ils avaient surmontées, main dans la main. Même si aucun des deux ne s'était imaginé, à priori, vivre avec un homme, ils en avaient apprivoisé l'idée, et ensemble, ils avaient calmé leurs peurs avec la certitude de faire le bon choix.

Parce que notre société était devenue celle du consommable, un peu à la manière des jeux vidéo où on pouvait cumuler plusieurs vies, le Pacs était le compromis idéal pour officialiser une union sans la figer.

Un pacs se faisait et se défaisait sans cérémonie, presque sans rendez-vous. Si le couple battait de l'aile, il lui suffisait de se présenter à l'état civil et,

une signature plus tard, chacun redevenait libre comme l'air... jusqu'à la prochaine fois.
J'aurais bien aimé avoir la chance de lire *play again*, sur mon livret de famille. Mais, à mon époque, le mariage n'était pas une option.
J'avais seize ans lorsque j'avais rencontré Patrick. Lui en avait six de plus. C'était un homme déjà, il avait fait l'armée, il venait de perdre sa mère et était responsable de sa sœur. Moi, j'étais encore dans le feu de l'adolescence. Même si mai 68 avait ouvert quelques portes, les filles demeuraient très limitées dans leurs droits et leurs libertés. Dans ma famille, en tout cas, où il n'était pas question de vivre ensemble, « pour essayer », comme on dit aujourd'hui.
Seules des fiançailles officielles pouvaient apporter un semblant d'intimité, à condition de se montrer prudents et discrets. J'étais très jeune, beaucoup trop jeune bien sûr, mais en me mariant, je devenais libre de fonder mon propre foyer.
À l'époque, beaucoup de couples avaient eu les mêmes motivations, à tort ou à raison.

Cinquante ans de vie commune, c'était long et je n'en tirais pas particulièrement de fierté. Comme dans tout mariage, il y avait eu de l'amour, du bonheur, mais aussi des incompréhensions et des frustrations. Je m'étais souvent rebellée et, souvent, j'avais foncé la tête la première dans des murs de béton. Je refusais les compromis ou, pire, les compromissions. Je voulais vivre intensément, je voulais vivre passionnément.
Lorsque, parfois, j'allais chercher un peu de réconfort auprès de ma mère, elle me renvoyait chez moi en me rappelant que j'avais fait des choix et que je devais les assumer. Moins que la mienne, sa génération ne plaisantait pas avec l'engagement.

Pourtant, au fil des années, les couples autour de nous se défaisaient petit à petit. Le mariage n'était plus cette institution sacro-sainte dont on ne pouvait se libérer que dans la douleur. Le terrible divorce pour faute laissait la place au divorce à l'amiable. Encore fallait-il qu'il y eût consentement mutuel, bien sûr.
Lorsque Patrick m'avait promis que jamais il ne me quitterait, j'avais trouvé cela tellement romantique !

Cependant, j'étais bien loin de me douter que cela se transformerait, un jour, en cage dorée.

À la naissance de Raphaël, mes priorités changèrent radicalement et malgré les tensions qui existaient déjà dans notre couple, je sus que plus rien ne bougerait dans ma vie. Un jour d'orage, il devait avoir, cinq ou six ans, il s'était blotti contre moi et m'avait dit :

« Moi, ce que je veux, c'est que vous restiez toujours ensemble, papa et toi. »

J'étais restée.

Et les années s'étaient écoulées. À l'adolescence, les enfants deviennent plus critiques et essaient de se libérer des responsabilités que les parents font peser sur eux. Arriva donc le jour où, faisant table rase du passé, il me lança d'un air méprisant, un peu comme s'il m'accusait de lâcheté :

« Vous auriez dû vous quitter, papa et toi, si vous ne vous aimiez plus. »

J'étais restée.

La vie m'avait offert de très belles histoires, mais elle m'avait aussi placée au centre de terribles tempêtes que j'avais réussi à traverser en serrant les dents. En cinquante ans, j'avais eu mille bonnes raisons de

partir, mais durant les trente-cinq dernières années, j'en avais eu une seule de rester : mon fils.
Au bout d'une route sinueuse, nous allions devenir des grands-parents et, presque apaisés, nous allions, ensemble, insuffler nos valeurs à notre futur petit-fils. Je lui inventerais des histoires, le soir, pour lui faire peur et pour qu'il se réfugie dans mes bras et Patrick allait enfin pouvoir reprendre sa lecture des *Misérables*, avec des lunettes, cette fois.

J'étais restée et je ne regrettais rien de mes choix.

« Raphaël, acceptez-vous de prendre pour époux Maxime ici présent ? »
Oui, oui et oui ! Bien sûr que je le veux !
Franchement, je n'aurais jamais pensé être aussi ému. Le mariage à la mairie, pour nous, c'était une obligation et nous nous attendions à passer un moment ennuyeux, comme c'est le cas, la plupart du temps. À bien y réfléchir, je me demande même si ce n'est pas précisément ce que recherchent ceux qui officient. N'auraient-ils pas pour consigne secrète de donner une leçon aux futurs mariés?
C'est vrai, quoi ! C'est censé être le plus beau jour de la vie d'un couple ! On arrive, tout heureux, et, à peine assis, c'est la douche froide. «Je vais vous rappeler la loi, ça va vous calmer. »

Certains maires, satisfaits de se trouver au centre de l'attention, mettent parfois des petites touches personnelles, qui, dans le meilleur des cas, peuvent être agrémentées de pointes d'humour. Mais, en règle générale, ils prennent leur rôle très au sérieux et assènent in extenso les cinq articles règlementaires du Code civil, histoire de bien montrer à ces joyeux drilles que le mariage, depuis Napoléon, ça ne se galvaude pas. Je me demande même s'ils n'en rajoutent pas un peu, de façon à prolonger le supplice.

Eh bien, pour nous, ça ne s'est pas déroulé comme cela. Je ne pourrais pas dire avec certitude si l'adjoint qui nous a unis a tout lu ou s'il a résumé les fameux articles. Soit je n'ai pas bien écouté, soit je ne m'en souviens plus. Mais, ce qui est sûr, c'est qu'à mon grand étonnement, je n'ai pas vu le temps passer.
Même si Max et ses parents ont toujours vécu dans cette commune, le maire n'a pas jugé bon de nous faire le discours personnalisé que nous redoutions tant. Et c'était parfait ainsi !

Nous écoutions donc, religieusement – un comble pour un mariage civil - les injonctions légales, quand brusquement, sa voix a tremblé et s'est noyée dans un sanglot refoulé.
Quels souvenirs, ou quelles frustrations, notre union a-t-elle évoqués chez lui pour qu'il craque

ainsi en public ? Était-il aussi sensible à chaque cérémonie – il n'y en avait pas beaucoup dans ce village - ou était-ce la particularité de celle-ci qui le bouleversait ? Nous ne le saurons jamais, mais son émotion a été tellement palpable qu'elle s'est communiquée à toute la salle. J'ai serré la main de Maxime un peu plus fort et à entendre les reniflements dans la salle, nous n'étions pas les seuls à avoir la larme à l'œil. Puis, dignement, il s'est repris et enfin, il a prononcé la fameuse phrase : « Raphaël, Maxime, je vous déclare unis par les liens du mariage », libérant de nouveau les rires et les applaudissements.

Voilà, c'était fait. Nous étions légalement, mari et mari.

Évidemment, cette expression nous parait bizarre, mais elle vient effacer tant de larmes et de doutes, que nous la dégustons, chaque jour, avec une joie intense.

Ce mariage a été vraiment magique parce que nous l'avons réalisé exactement à notre image.

Max et moi ne voulions pas d'une grande fête dans laquelle personne ne profite de personne, mais d'un moment plus authentique.
Nous avions très envie qu'elle se déroule dans la maison de ses parents et cela nous obligeait à faire des choix difficiles.
Les conditions de rassemblement en raison de la crise sanitaire nous ont servi de prétexte pour ne faire de peine à personne. La décision a été vite prise : nous ne serions entourés que de nos quatre témoins et de la très proche famille. Ce sera parfait ainsi.

Une fois la question des invités réglée, nous sommes passés à l'organisation proprement dite.
Nous nous sommes installés devant un bloc-notes et chacun de son côté, nous avons listé tout ce qui nous ferait plaisir. Je rêvais d'un château gonflable, comme quand on fêtait les anniversaires des copains chez Macdo, et Max avait envie d'une pêche à la ligne et d'une partie de cricket. Donner la priorité à des activités pour les enfants lorsqu'on organise un tel événement peut paraitre insolite, mais nous voulions absolument les mettre à

l'honneur, car après tout, sans l'arrivée de *little D*, il n'y aurait jamais eu de mariage.

Puis, nous avons réfléchi à tous les symboles dont nous désirions nous entourer. Si notre union durait depuis dix ans, ce jour serait le point de départ de notre vie de famille et nous avions envie d'en dessiner le cadre.
Alors, fidèles à nos habitudes, nous avons joyeusement mélangé nos coutumes. La mère de Max a ressorti des cartons son voile de mariée et nous en avons recouvert notre houppa, d'inspiration juive, décorée avec des fleurs des champs. La mienne avait sacrifié deux de ses verres en cristal que nous avons cassés, d'un même geste. Et nous avons entamé des rondes joyeuses tenant plus des bourrées auvergnates que des Hora traditionnelles, en chantant en chœur l'inévitable Mazel Tov.

Le moment le plus fort fut celui de la bénédiction des alliances. Pour cela, nous n'avions besoin ni de curé ni de rabbin, mais uniquement des ondes positives de chacun des invités regroupés sous les châles de prière – le mien, celui de mon père et celui de mon grand-père - déployés sur nos têtes. Je sais que les religions, la juive ou les autres, réprouvent notre union, mais je suis certain qu'au ciel, il y a mon grand-père et ma grand-mère qui comprennent que nous nous aimons et que nous voulons juste être heureux, sans blesser personne. Je les ai sentis, tous les deux. Ils étaient là, au-dessus de nos châles, ce jour-là, pour nous protéger et nous souhaiter bonne route. Les enfants, à qui nous avions donné la responsabilité de présenter les alliances aux invités, ont pris leur rôle très au sérieux et ce fut un très beau moment d'émotion et de partage.

La seule chose que nous n'avions pas préparée ensemble, c'était nos vœux. Jamais encore, nous ne nous étions autant dévoilés en public. Mais nous avions bien saisi que le mariage était une affaire sérieuse, alors c'était l'occasion ou jamais de se dire ce qui nous tenait à cœur. Et aussi, de remercier nos familles d'avoir accepté notre amour avec tant de simplicité. On en a déclenché des torrents de larmes!

Les enfants, qui ne comprenaient pas tout ce qui se passait, se blottissaient contre leurs parents pour essayer de les consoler.
Heureusement, « mon mari » avait prévu une chanson, mais il pleurait tellement qu'il a chanté délicieusement faux, faisant éclater de rire toute l'assemblée.

Sauvés par le gong !

- Au fait, il faut que je vous dise !

Finalement, je commençais à bien l'aimer cette phrase! Même si elle annonçait toujours quelque chose d'un peu révolutionnaire, au fond, elle ne nous avait apporté que de bonnes nouvelles.

Cette fois, c'était à mon tour de l'utiliser.

Ma tante et son mari habitaient en province. C'était la sœur de mon père et elle représentait le dernier bastion de sa génération. Elle était là, dans son fauteuil, essayant de paraitre le plus fragile possible, mais je voyais bien qu'elle exagérait pour me donner mauvaise conscience de n'être pas venue lui rendre visite plus tôt.

- Raphaël s'est marié

Elle se raidit, me tourna le dos et, la bouche pincée me dit :

- Je sais

Depuis sept ans, je commençais à avoir l'habitude de ce genre de réaction et j'essayais de ne plus me sentir blessée. Mais j'avais surtout appris à ne plus me taire :

- Et donc, tu sais aussi qu'il s'est marié avec un homme, qui s'appelle Maxime.
Son attitude changea d'un coup et elle troqua son uniforme de vieille dame malade contre celui de la femme dure et aigrie qu'elle était. Elle se retourna vers moi, avec une énergie que je ne lui soupçonnais plus et me lança :
- Est-ce que ce n'est pas une honte, ça? Mais comment a-t-il pu te faire cela? Un garçon si gentil, si poli ? Au lieu de vous faire du mal, il aurait pu faire un effort, pour te faire plaisir, et se marier avec une fille. Elle était bien, cette fille, comment elle s'appelait déjà ? Bref, il aurait pu rester avec elle, plutôt que... ça !

Patrick, qui me faisait face, me fit discrètement des signes d'apaisement. J'aurais pu effectivement ne pas insister ou mieux, faire amende honorable.
Elle était âgée. Que pouvait-elle comprendre à l'homosexualité ?
Mais j'en avais assez de ces gens qui pouvaient dire tout ce qu'ils pensaient, sans filtre, sous prétexte qu'ils croyaient détenir la vérité ou qu'ils étaient vieux. Elle était la petite goutte qui faisait déborder

mon vase. Tant pis pour elle si elle prenait pour les autres!

- Se marier avec une fille pour me faire plaisir ? Mais tu dis vraiment n'importe quoi! Mon fils est homosexuel, et il est très heureux. Le bonheur des enfants, n'est-ce pas cela qui compte pour les parents ? Son mari est adorable et je l'aime comme mon deuxième fils. Et ils vont même avoir un bébé. Nous allons être grands-parents, à notre tour et ça, c'est le plus beau cadeau qu'ils pouvaient nous faire.

Patrick blêmit et prit sa tête entre les mains, redoutant le pire. Ma tante me regarda avec dégoût. Pour elle, j'incarnais le démon et tous les vices réunis. Elle n'avait pas besoin de mots pour nous clouer au pilori, ses yeux suffisaient à le faire.

Je ne les connaissais que trop, ces mots. Tant d'autres me les avaient servis avec plus ou moins de hargne, depuis ces sept dernières années.

« Un homme, ça se marie avec une femme, un point c'est tout. »

C'était cela la *normalité*, le reste c'était de la luxure, de la pornographie. Parfois, pour ceux qui confondaient tout, mais qui se croyaient quand même plus intelligents que la moyenne, c'était de la pédophilie. Et en acceptant un fils homosexuel, nous, les parents, nous devenions aussi « dégénérés » que lui. Comment pouvais-je donc être si fière d'être grand-mère? C'en était trop pour elle !

- Encore faut-il qu'ils le ramènent, leur gosse ! Elles n'ont pas honte, ces femmes, de porter des enfants pour gagner de l'argent ? J'ai entendu plein d'histoires sur ces femmes qui gardent tout, les bébés et l'argent. Et toi, tu acceptes cela ? Et tu es contente, en plus ! Deux hommes ! Un enfant ! Pffffff

Son regard était de plus en plus méprisant. Mon oncle et Patrick semblaient tétanisés devant la tournure que prenait notre discussion. Quant à moi, je devais bien avouer que si elle n'avait pas été si vieille, j'aurais volontiers sorti mes griffes. Mais je décidai de rester calme et de la mettre face à sa bêtise, tentant une dernière fois de la convaincre. Après tout, l'intelligence, ce n'était pas une histoire d'âge. Mon père en avait bien été la preuve, puisqu'il avait accepté la situation sans un reproche.

- Il ne faut pas parler de ce que tu ne connais pas. Ce que l'on vous raconte à la télévision n'est pas toujours la vérité. Cette femme reçoit une compensation, oui, mais elle ne vend pas son corps. Je suppose que quoi que je puisse en dire, tu sais mieux que moi comment se passent ces choses-là. Ils l'ont dit à la télé, donc c'est vrai, n'est-ce pas ? Alors, on ne va pas se fâcher, mais je préfère que tu gardes tes opinions pour toi, elles ne m'intéressent pas. Je suis venue t'annoncer que j'allais être grand-mère et au lieu de me féliciter, tu insultes mon fils et tu nous souhaites tout le malheur possible. Ça n'est pas très gentil !

Elle se sentit piquée à vif. Elle ne voulait pas qu'on lui reproche de ne pas être charitable. C'était une bonne croyante après tout et, non, elle n'avait pas l'intention de me faire de la peine. Elle tenait juste à nous prévenir des risques que nous courrions en prenant une mère porteuse. Cependant, elle n'avait pas envie de baisser la garde immédiatement et il lui restait encore quelques petites piques à me lancer pour me remettre dans le droit chemin :

- Vous allez être grands-parents, c'est bien, mais, quand même un homme et une femme, c'est plus normal pour élever un enfant. Ils peuvent s'aimer, bien sûr, on ne peut pas leur interdire ça, mais de là à se marier et à avoir des enfants ! Ils n'en ont pas besoin ! Regarde tous les autres hommes de la famille. Ton fils est le seul comme... ça.

Décidément, être vieille et malade ne l'empêchait pas d'être méchante. Cependant, à travers son discours, j'entendais que ce débat n'était pas sur le point d'être clos.
Ce sujet soulevait tant d'incompréhensions et de mépris. À force de vivre cette magnifique aventure, auprès de mes garçons, j'avais fini par croire qu'elle était devenue normale pour tout monde. Mais je me rendais compte que je me mettais la tête dans le sable et qu'il y aurait toujours des gens prêts à nous cracher dessus, comme cela, gratuitement, juste parce que nous étions *différents*. Seulement, voilà, depuis sept ans, les choses avaient évolué et ce n'était plus ni à Raphaël et ni à nous que l'on s'attaquait, mais à mon futur petit-fils. Et plus que jamais, il en était hors de question.
Non, il n'avait pas les gênes de mon fils et non, la femme qui le portait n'était pas sa mère, mais cet enfant allait bientôt arriver dans notre vie et je ne

laisserai personne, jeune, vieux, intelligent ou crétin, dire que je n'étais pas sa grand-mère. J'aurais pu l'anéantir en lui révélant que Raphaël n'était pas le seul homosexuel de la famille. Nous en comptions officiellement deux, mais visiblement, elle n'était pas au courant de tout ! Cependant, je respectais son âge et je ne voulais pas être responsable d'une éventuelle attaque cardiaque. Par contre, et personne ne pouvait m'en empêcher, je me fis un grand plaisir de lui parler des autres, de ceux qu'elle disait *normaux*, et qui étaient « bien mariés ».

- Peux-tu me dire qui, dans ma génération et celle de nos enfants, est encore en couple aujourd'hui? Combien ont divorcé et se battent pour la garde de leurs enfants? Alors, c'est cela, la *norme*? Se marier et se déchirer? Est-ce que c'est *normal* d'obliger des enfants à choisir entre leur père et leur mère?

J'avais visé juste et touché une corde sensible. Elle avait très mal vécu le divorce de sa fille et était bien consciente des bouleversements que cela avait provoqués chez ses petits-enfants. Elle laissa échapper un soupir désolé et même une petite larme de crocodile. Non, ce n'était pas *normal*, ça

non plus, elle en convenait. Ce monde courait à sa perte, et personne n'avait plus de repères.
Pour les gens de sa génération, les choses étaient claires. Pas de divorce. Le mariage, c'est à la vie, à la mort. C'est ainsi qu'ils avaient été éduqués et, jamais, ils n'avaient eu de pensées interdites. Elle et son mari avaient largement dépassé les noces d'or et ils s'affichaient comme un couple très soudé.

Je n'avais pas pu lui faire changer d'avis, mais j'avais quand même réussi à glisser un petit doute dans ses convictions. Je ne me faisais pas d'illusions, car je savais que pour les gens comme elle, les hommes n'étaient faits que pour vivre avec les femmes. C'était cela la *norme* et le couple qu'elle formait avec son mari en était la preuve évidente.
Nous n'avions plus grand-chose à nous dire et il était temps de prendre congé. Elle voulut me raccompagner à la porte, mais elle avait du mal à se mettre debout. Tout à coup, son visage se crispa.
Le sourire mielleux qu'elle affichait lorsqu'elle s'adressait à son mari s'effaça, laissant la place à un rictus rempli de fiel.

Elle le fusilla du regard :

- Eh bien, viens m'aider, toi ! Ne reste pas là, les bras ballants à faire le beau.

Et donne-moi ma canne, idiot, tu sais bien que je ne peux pas marcher !

Eh oui, la norme, c'était sûrement cela. Une union remplie de rancœur et de soumission. Je me rendais compte que j'avais perdu du temps à essayer de lui ouvrir l'esprit et le cœur.

Ils étaient hermétiquement fermés au monde extérieur. Je les laissais tous les deux, pris au piège de leur normalité.

Quant à moi, j'étais très heureuse de ne pas faire partie de leur entourage proche et encore plus fière, si cela était possible, de la famille *anormale* pour laquelle j'étais déterminée, plus que jamais, à me battre.

Sixième mois ! Déjà ! Si mes calculs sont bons, il ne nous en reste que trois petits avant l'arrivée de Diego. Le moment est donc venu de prévoir nos congés et d'envisager sa garde.

Afin de l'accueillir dans les meilleures conditions, nous avons envisagé de nous installer à Chicago suffisamment à l'avance pour multiplier les occasions d'être avec Olivia et être sur place au cas où il arriverait plus tôt.

Après sa naissance, nous avons envie de vivre dans une sorte de bulle. Juste lui et nous. Histoire de nous apprivoiser, de nous sentir, de nous renifler.

Évidemment, il faudra aussi lui laisser un peu de temps pour qu'il soit en mesure de voyager mais, si tout se passe comme prévu, nous serons rentrés pour fêter notre premier Noël, tous ensemble, chez Jean et Mary.

Nous devons donc nous organiser pour être absents deux bons mois avant de reprendre le travail : trois jours pour Max, et deux pour moi. Au minimum.

Ça ne pourra, malheureusement pas être aussi carré toutes les semaines, mais on va gérer, comme tous les parents ! Et si ça coince à un moment ou à un autre, nous ferons appel à une aide extérieure. Je connais deux grands-mères et des tatas qui seront toujours ravies de nous dépanner !

Au début de cette aventure, lorsqu'il n'était qu'un projet, nous avions décidé de vivre, en vase clos, avec lui, vingt-quatre heures sur vingt-quatre. Nous ne savions pas jusqu'à quand, mais nous voulions que ce soit le plus longtemps possible. Seulement, comme tout le monde, nous avons, tous les deux, des obligations professionnelles avec lesquelles nous devons composer.
En effet, même si je peux placer mes activités entre parenthèses pendant quelques mois, je dois me préoccuper de ceux qui comptent sur moi. Le théâtre, c'est une équipe et si je ne veux mettre personne en péril, je vais devoir reprendre la barre, à court terme. Max a un travail moins collectif que le mien. Il peut le faire à temps partiel, pendant une dure limitée, mais il devra lui aussi, repartir sur un rythme normal.

Aujourd'hui, nous prenons conscience que si Diego reste notre priorité absolue, nous devons continuer nos activités, car nous avons autant besoin de nos passions, de nos amis et de nos univers respectifs que de notre bébé.
Et même si ce n'est pas facile à admettre, il faudra également que ce bébé s'habitue à d'autres personnes que nous.

Alors, crèche ou nourrice ? Max et moi avons eu des expériences différentes qui viennent alimenter nos discussions :

- Sans aucune hésitation, c'est la crèche. Après les vacances d'été, il aura neuf mois. L'âge idéal. C'est ce qui s'est passé pour moi. D'ailleurs, on devrait peut-être s'en occuper. Tout le monde dit que pour avoir une place, il faut inscrire le bébé à sa naissance. Il est peut-être déjà trop tard ?
- Attends, pas si vite ! J'étais en garde chez une nourrice et crois-moi, j'étais choyé comme un coq en pâte !
- Peut-être, mais la vie en collectivité, ça forme le caractère. J'étais un enfant unique, j'aurais pu être capricieux et personnel. Eh non, au contraire, j'ai

toujours été très sociable. Demande à maman ! J'acceptais de partager mes jouets avec les autres sans hurler, et quand je suis entré à l'école, je n'ai jamais fait de crises de larmes. Question d'habitude, tu vois.

- De toute façon, si on vous croit, ta mère et toi, tu as été un enfant modèle, tu n'as jamais fait de bêtises, jamais été puni, et, maintenant, cette histoire de jouets ! Il ne nous reste plus qu'à croiser les doigts pour que Diego te ressemble, me répond Max avec un clin d'œil et une pointe d'agacement. Mais, tu peux demander à la mienne, moi aussi j'ai toujours été sociable, et moi aussi, je partageais mes jouets ! Il n'est pas question de crèche, c'est une histoire de caractère, c'est tout !

- Sauf que Claudia et toi, vous avez été élevés ensemble. D'accord, ce n'est pas la vie en groupe, mais deux, c'est déjà de la socialisation, non ?

Il ne peut évidemment pas me contredire là-dessus. D'autant qu'au fond, je sais qu'il ne cherche qu'à me taquiner et qu'il n'a pas besoin d'être convaincu :

- Ce qui me chagrine, tout de même dans cette histoire de collectivité, c'est l'obligation de manger n'importe quoi. Nous, nous avons toujours mangé sainement. Du fait-maison, forcément, avec papa aux commandes ! J'ai du mal à admettre que Diego s'habitue à de la nourriture de collectivité.

- Je comprends bien, mais j'ai été demi-pensionnaire durant toute ma scolarité et je n'en suis pas mort. Cela ne m'a jamais empêché d'aimer les bonnes choses.

Il nous restera les repas du soir et des jours *off* pour lui faire découvrir la gastronomie.

Tout à coup, nous nous sommes regardés en éclatant de rire. De quoi sommes-nous en train de débattre ?

La crèche, d'accord, c'est presque d'actualité. Mais la cantine ? Et pour un bébé qui n'a pas encore pointé le bout de son nez ! Nous sommes en plein délire !

En même temps, quel plaisir de parler de lui comme s'il avait déjà intégré nos vies.

Allez, on résume :

Dans l'immédiat, il n'y aura ni crèche ni nourrice, mais ce qui est sûr, c'est que Diego devra vivre

entouré d'enfants. Et, promis, nous nous occuperons de son inscription, dès notre retour en France !
Pour le moment, pas de panique. Une grossesse, c'est neuf mois.

On a encore du temps devant nous, non ?

Être *différente*, je savais ce que c'était, depuis toujours.
Lorsque nous avions débarqué de notre Algérie natale, dans cette ville de province, en mille neuf cent soixante-deux, nous étions des intrus. Notre peau brune et nos cheveux noirs détonnaient dans des classes remplies de têtes plutôt blondes. Nous étions des étrangers, des « arabes ». J'étais trop petite pour en avoir des souvenirs, mais j'avais souvent entendu ma mère se plaindre qu'on la regardait de travers sur le marché ou dans la rue.

Comme tous les pieds-noirs, nous avions le verbe haut et nous parlions avec les mains. Le français avait toujours été notre langue maternelle, mais il était entaché d'un accent qui ne passait pas inaperçu. « On ne dit pas *francé*, on dit *français* », nous répétait-on en ouvrant grand la bouche, pour nous donner une leçon de prononciation.
Pour ne pas être montrés du doigt, il avait fallu se fondre dans la masse. Au fil des années, nous étions même arrivés à maitriser les aigus et les graves et à

ne plus nous servir de nos mains pour ponctuer nos phrases. Cependant, lorsque nous étions en famille, loin du regard et du jugement des *francés*, le naturel revenait au galop et nous redevenions les pieds-noirs que nous étions dans notre chair.

Parmi tous les rapatriés, nous étions quelques familles à devoir assumer une autre différence : notre religion. Quelques juifs étaient déjà installés dans la ville. C'étaient des ashkénazes qui avaient fui les pays de l'Est pendant la guerre et avaient trouvé refuge ici. Nous formions une toute petite communauté, très discrète, et nous ne nous retrouvions que lors des grandes fêtes. En dehors de cela, notre pratique religieuse ne dépassait pas le cadre strict de la maison.

Ne pas dire, ne pas montrer. C'était notre credo. Mon père avait remplacé son prénom trop connoté par un surnom passe-partout. Il avait même modifié notre nom de famille, retirant la particule – Ben, fils de - qui, contrairement aux particules de la noblesse, ne nous aidait pas à briller en société.

Évidemment, aujourd'hui, cela pouvait paraitre choquant, mais il fallait se remettre dans le contexte. La guerre d'Algérie, qui n'était alors qu'une « opération de police », nous avait fait échouer dans cette ville qui n'avait encore jamais vu d'immigrés. Quant à la Seconde Guerre mondiale, elle n'était pas si loin, et personne n'avait envie de réveiller des blessures trop à vif.

Je me demandais même si mes parents avaient appris tout ce que les juifs avaient subi pendant cette guerre. Je savais qu'ils avaient été exclus de l'école et qu'ils en avaient été traumatisés, mais ils n'avaient jamais été obligés de porter l'étoile jaune et personne autour d'eux n'avait été déporté. En Algérie, ils vivaient dans un monde relativement protégé où les autorités faisaient la sourde oreille et trainaient les pieds pour appliquer les lois du gouvernement de Vichy.

Pendant les cours d'histoire, on ne parlait pas, non plus, de juifs, ni de génocide, mais de résistance, beaucoup, de collaboration, très peu, et de camps de travail, à l'occasion. La guerre, c'était des dates, des batailles, le général de Gaulle et la victoire finale.

Personne ne savait que nous étions juifs, ni même ce qu'était un juif. Ou plutôt, si : les juifs étaient ceux qui avaient cloué Jésus sur la croix, donc il était préférable d'éviter le sujet si on ne voulait pas subir de représailles. Mes copines passaient leurs jeudis à l'aumônerie. Moi aussi. Elles allaient à la messe de minuit. Moi aussi. Une fois, pour voir.

Quand nous étions arrivés en région parisienne, un vent de liberté avait soufflé sur nos vies. J'avais alors seize ans et je réalisais à quel point nous nous étions oubliés. Bien décidée à retrouver mon identité, je commençai par récupérer mon vrai nom et je me mis à revendiquer mes origines.

Les langues s'étaient enfin déliées et je passais beaucoup de temps à lire, totalement terrifiée, tous les témoignages des victimes de la Shoah.

On avait assassiné des juifs comme moi et je n'en avais rien su.

J'étais entrée en conflit avec la religion que je ne comprenais pas toujours, mais il n'était pas question de la renier. Être juive, c'était appartenir à un peuple qu'on avait voulu éliminer et qui avait, malgré tout, survécu.

J'avais aussi beaucoup appris sur l'Algérie et la colonisation. J'avais essayé d'éclaircir les raisons de notre présence sur ce territoire. C'était très difficile de retrouver les origines de notre famille. Nous étions des juifs arrivés d'Espagne, d'Égypte ou d'ailleurs, on ne le savait pas trop. Nous n'avions pas de biens, pas de propriétés. J'étais soulagée de découvrir que nous n'étions pas des colons venus piller la terre des Algériens. Mais je me sentais très heureuse d'avoir pu grandir en France plutôt que de l'autre côté de la méditerranée.

Je n'avais jamais souffert d'antisémitisme. À peine de temps à autre, quelques remarques plus bêtes que méchantes. Un jour, par exemple, quelqu'un m'a priée « de rentrer chez moi ». La discussion portait sur la nourriture servie dans les cantines scolaires et nous avions des avis divergents. La réflexion avait jailli comme une lame de couteau. Elle m'avait coupé le souffle même si je comprenais qu'elle lui avait échappé.
- Tu es juive, d'accord, mais si tu ne veux pas manger de porc, tu peux rentrer chez toi.

- Rentrer chez moi? Comment ça, chez moi? C'est où, chez moi?
- Enfin... Tu vois ce que je veux dire... Mais toi, ce n'est pas pareil, tu manges de tout de toute façon.

À presque soixante ans, c'était la première fois que l'on me traitait d'étrangère, non parce que je venais d'Algérie, mais parce que j'étais juive.
Je n'avais pas insisté. C'était, de toute évidence, un mot de travers qui lui avait brûlé la langue. Cependant, j'avais été blessée plus que je ne l'aurais cru et j'en avais gardé un goût très amer au fond de la gorge.

Plus la naissance de Diego avançait, plus les gens s'interrogeaient. Souvent sur sa religion :
« Sera-t-il juif ? »
La première fois qu'on me l'avait posée, cette question m'avait bien fait rire. Le fait d'intégrer notre famille ne suffisait-il pas à lui donner son identité ?
Il était évident qu'aucune autorité religieuse ne le reconnaitrait. Cependant, je savais qu'il recevrait ses cadeaux à Noël ET à Hanoukka, qu'il mangerait

le pain azyme pour Pâques ET qu'il se régalerait des chocolats éparpillés dans le jardin de Jean et de Mary. Il allait vivre dans ce joyeux mélange de coutumes comme nous l'avions toujours fait et il n'avait besoin de rien d'autre. Alors, à cette question, une seule réponse m'était venue à l'esprit : « Juif, je n'en sais rien, mais heureux, ça, j'en suis sûre. »

Ce n'était pas la seule préoccupation de notre entourage et les langues se déliaient au fil des mois. Peut-être avait-on attendu un échec, une fausse couche ou un problème quelconque? Cette grossesse se passait finalement trop bien pour ceux qui se plaçaient dans le rang des gens *normaux*.
Si ma vieille tante avait eu l'excuse de son âge, les autres m'agaçaient sérieusement et je sentais la moutarde me monter au nez.
J'avais pourtant joué la transparence sur tout le processus de la GPA. Je comprenais parfaitement que tout était nouveau et étrange pour un grand nombre de personnes et, comme mon fils l'avait fait pour moi, j'avais patiemment répondu à toutes les questions que l'on pouvait poser.

« Oui, la *surrogate* était américaine. »
« Non, elle n'était pas la mère du bébé et ne le serait jamais. »
« Oui, elle recevait de l'argent, mais non, elle ne vendait pas son corps. »

Mais ce n'était jamais suffisant, comme si on avait besoin de creuser encore et encore jusqu'à trouver la faille. Cette histoire ne pouvait pas être aussi simple, il y avait anguille sous roche et il fallait découvrir le petit grain de sable qui viendrait bloquer la machine.
Diego allait bientôt pointer le bout de son nez et je redoutais que ce bonheur ne puisse jamais être naturel, comme s'il menaçait un ordre établi.
« Pourquoi ne pas avoir adopté, s'ils voulaient un enfant? Ils y ont droit. C'est déjà bien, non? »
« Moi je ne comprends pas comment on peut prendre une mère porteuse. »
« La GPA, ce n'est pas juste, car ceux qui n'ont pas d'argent ne peuvent pas faire la même chose! »
« Mais quelle femme peut donner son bébé, comme ça, froidement? »

Chaque question était une flèche qui se fichait dans mon cœur. Si ce bébé ne rentrait pas dans les moules établis, pourrait-il un jour ressembler aux autres ?
Bien sûr, je savais que tout cela ne ferait que renforcer sa personnalité et forger son caractère, et quoi qu'il advienne, nous serions tous là, près de lui, pour le protéger, comme un rempart d'amour. Mais cela me rendait triste.

Si près du but, je voulais que s'effacent nos différences et j'avais envie de crier à la face de tous ceux qui s'estimaient plus *normaux* que nous :

« Tout a été dit. Diego va arriver dans une famille atypique certes, mais tellement aimante. Si vous ne pouvez pas vous réjouir pour nous, passez votre chemin, nous n'avons pas besoin de vous. »

We did it, we did it!
Après de longs mois de séparation, nous avons enfin pu faire la connaissance d'Olivia. Cela n'a pas été facile, car les frontières entre les États-Unis et l'Europe étaient fermées pour cause de COVID, mais l'envie était tellement forte que nous aurions même été capables de rentrer dans ce pays en fraude!
Finalement, nous sommes restés dans la légalité et nous avons opté pour une « quarantaine » au Mexique. Il y a pire comme compromis, d'autant que nous avions besoin de décompresser un peu après toutes les émotions de cette année. Nous n'avions pas encore eu l'occasion de faire notre voyage de noces, alors, une fois de plus, la contrainte s'est transformée en plaisir.

Cependant, ces vacances n'ont pas eu le même goût que nos précédentes escapades. Nous étions heureux de nous retrouver enfin seuls, loin de nos familles et de nos activités, mais quelque chose avait changé en nous.

En fait, au plus profond de nos cœurs, nous ne sommes déjà plus deux. Nous avions bien l'intention de profiter de ces derniers moments de détente en amoureux, mais Diego était là en permanence et nos yeux voyaient à travers lui. Nous l'imaginions courir et grimper à nos côtés ou nager avec ces énormes requins-baleines. D'ailleurs, nous avons failli nous disputer à ce sujet. Max disait que jamais il ne le lui laisserait faire cela, parce que c'était trop dangereux. Je le rassurais :
« Ils sont gros, c'est vrai, mais ils sont gentils comme tout. Ils ne mangent que du plancton. Diego ne risquera pas plus sa vie que nous. »
Et puis, nous nous regardions en éclatant de rire. Nous n'allons tout de même pas devenir, nous aussi, des parents inquiets !
Parler de notre famille au futur nous faisait tant de bien.

Cependant, plus les jours passaient et plus nous étions sur des braises. Je crois bien que nous n'avons jamais été si pressés d'en finir avec des vacances. Dans l'avion, nos cœurs battaient à deux cents à l'heure. Impossible de se concentrer sur un film, de dormir, ni même de manger.

Enfin, ce fut Chicago.
Olivia et sa famille nous attendaient à l'aéroport en véritable comité d'accueil. Nous avions l'impression d'être des rescapés d'une prise d'otages, de retour chez eux.
Les enfants nous regardaient avec curiosité. Olivia et son mari avaient du mal à cacher une pointe d'appréhension. Nous, le trac, nous en avons l'habitude, c'est notre quotidien sur scène. Mais plus on essayait d'être naturels et plus on était paralysés. Un peu comme à un premier rendez-vous amoureux. Heureusement, cela n'a duré que quelques secondes avant de tomber dans les bras les uns, les autres - à l'américaine - et le ciel est redevenu bleu.

Une fois à la maison, nous avons enfin osé demander à Olivia la permission de poser nos mains sur son ventre. Nous en avions tellement rêvé! C'était magique de sentir cette forme dure et de suivre, de nos doigts, le contour du corps de notre bébé. Nous étions si heureux de le toucher ! Mais nous ne voulions pas abuser : Olivia a le droit à son intimité. Difficile de s'éterniser à lui caresser le ventre.

Alors, nous nous sommes baissés vers lui et nous lui avons parlé. Depuis le début de la grossesse, nous avons enregistré nos voix, chanté, raconté des histoires, pour l'habituer à nous. Là, il nous entendait enfin, en vrai. Nous espérions un mouvement, une réaction. Mais rien, il est resté immobile.

Olivia nous a réconfortés en nous disant qu'il se présentait par le siège et que, dans cette position, il ne pouvait pas beaucoup bouger ni donner de coups de pied. En nous voyant pâlir, elle a essayé de dédramatiser.

- Il a encore le temps de se retourner.
- Et s'il ne le fait pas?
- Ce n'est pas grave, il naitra par césarienne.
- Parce que ça, c'est censé nous rassurer? *My God!*

Elle a éclaté de rire :

« *It's ok, don't worry* ! »

Pour finir de nous calmer, et parce qu'elle savait que nous étions frustrés de ne jamais pouvoir y assister, elle nous a gentiment offert une échographie.
Aux États-Unis, on peut programmer autant d'échographies qu'on en a envie, dans des grands centres, plus commerciaux que médicaux. Ce fut un moment extraordinaire. L'échographe était très cordial et s'arrêtait sur tous les détails du corps de notre enfant. Les clichés en 3D étaient encore plus hallucinants de vérité que les autres fois. Sur certains, on reconnait une forme humaine. Sur d'autres, ça fait un peu peur.
Mais bon, Diego était bien là, au chaud et nous étions les parents les plus heureux du monde.

Paulo, le mari d'Olivia, a pris trois jours de repos pour rester avec nous. Quand on connait la rareté des congés américains, on apprécie ce geste à sa juste valeur. C'est un homme très doux que beaucoup de femmes aimeraient avoir. Nous lui avons demandé ce qu'il pensait de cette situation et comment il avait réagi lorsqu'Olivia lui avait annoncé son désir de porter un enfant pour autrui.

Presque timidement, il a répondu :

- Elle est ma femme, mais elle ne m'appartient pas. Elle seule peut décider.

Une leçon pour tous ces machos qui s'arrogent le droit de disposer jusqu'à le détruire, du corps de leurs compagnes.

Nous avons également fait connaissance avec une partie de la famille. Sa sœur, Monica était très émue de nous rencontrer. Les deux sont très proches. Monica a eu beaucoup de mal à tomber enceinte et Olivia lui a spontanément proposé de porter le bébé pour elle.

Finalement, tout était rentré dans l'ordre, mais l'idée avait fait son chemin dans sa tête. Elle s'est d'abord adressée à une agence de Chicago. Un premier contact qui n'a pas fonctionné. Nous étions en pleine période de pandémie et les demandes de *surrogacy* se faisaient rares.

Un jour, Monica lui parle d'une agence à San Diego, notre agence, qui avait des propositions, malgré la crise.

- San Diego? Mais je ne vais pas aller en Californie ?
- Pourquoi pas ? Tous les commentaires sont bons sur cette agence. Il suffit de t'y inscrire et de passer l'entretien. Le reste se fera ici.
Accompagnée de Paulo, elle s'est alors rendue à San Diego pour rencontrer la responsable, notre responsable ! Et tout cela s'est déroulé exactement au moment où nous étions en train de renoncer, malgré nous, à Megan.

C'est Monica qui a tenu à nous raconter cette histoire. Elle la trouvait tellement *amazing*, comme disent les Américains. Des chemins venus de nulle part, qui font des tours et des contours et qui finissent par se croiser. Comme toutes les coïncidences qui jalonnent nos vies depuis le début de cette aventure.

Comme si tout était tracé d'avance. Une histoire de plus qui me donne l'envie de croire que là-haut, nous avons nos petites étoiles qui veillent sur nous.

Parfois, je les imagine devant un puzzle géant, remuant ciel et terre pour dénicher les pièces manquantes et les emboiter, enfin satisfaits, au bon endroit.

Je n'y avais jamais réfléchi auparavant, mais finalement, neuf mois de grossesse me paraissaient être le timing idéal. Lorsque j'étais enceinte, entre nausées, angoisses et préparatifs, j'avais fini par perdre la notion du temps qui trainait ou filait selon mes humeurs. En tant que grand-mère, le rapport au temps était différent, ce qui m'avait permis d'apprécier toutes ces étapes avec plus de quiétude. Pourtant, je n'avais pas encore réussi à me projeter dans mon rôle. Sans doute, me manquait-il des éléments indispensables pour cela.

Je connaissais peu Olivia. Nous nous étions parlé à peine quelques secondes, lorsque nous l'avions tous rencontrée, il y avait maintenant presque un an. Et même si les garçons nous mettaient aux premières loges de leurs échanges, elle restait une entité virtuelle. J'avais besoin de la voir et de lui poser toutes les questions qui me trottaient dans la tête depuis le début de cette aventure.
Elle avait immédiatement accepté ma demande d'entretien qu'elle trouvait totalement légitime. Je

craignais que la langue soit un barrage entre nous, mais je ne voulais pas d'intermédiaire. J'avais vraiment envie d'un moment de femme à femme.

Contrairement à mes habitudes, j'étais très intimidée. J'avais peur de lui paraitre trop intrusive. Après tout, j'allais entrer dans l'intimité de cette jeune femme qui ne représentait rien pour moi.
Olivia était souriante et décontractée. Elle s'était confortablement installée dans un fauteuil, son petit-dernier, sagement allongé près d'elle. C'était l'heure de la sieste et nous allions pouvoir être tranquilles quelques instants.

J'avais envie, tout d'abord de faire sa connaissance : Qui était-elle ? Comment vivait-elle ?
Je sentais bien que c'était mon côté de prof qui prenait le dessus, mais il fallait bien commencer par quelque chose. Elle se plia à l'interrogatoire d'identité avec bonne grâce.
- J'ai trente-cinq ans et je suis née au Mexique. Je suis arrivée à Chicago vers l'âge de trois mois et j'ai toujours vécu ici. J'ai trois enfants. J'ai eu mon premier à l'âge de vingt ans. C'est maintenant un

grand adolescent, avec tous les inconvénients qui vont avec, si vous voyez ce que je veux dire ! J'ai attendu un peu pour avoir mes deux autres enfants. Ils ont six et quatre ans. Avant la crise sanitaire, j'étais assistante dentaire. J'aimais bien mon travail. Lorsque les écoles ont fermé j'ai dû démissionner pour rester avec mes enfants. J'en profite aussi pour reprendre mes études. Mon rêve est d'être infirmière obstétricienne. Je veux aider les femmes qui accouchent. Il y a tant à faire pour les soulager et leur permettre de vivre cela le plus sereinement possible. L'accouchement est un moment souvent pénible. Mais si on s'y prépare bien et si on arrive à dominer son corps, ça devient plus facile. Je suis une adepte de la méditation et de toutes les pratiques qui peuvent faire du bien. Par exemple, avant le transfert, j'ai passé beaucoup de temps à expliquer à mon corps qu'on allait lui implanter un embryon et qu'il devait l'accepter et le garder. J'ai fait la même chose lorsqu'on a su que le bébé se présentait par le siège. Et il s'est retourné en douceur. Diego est un bébé qui réagit bien. Vous allez avoir un bon petit-fils !

J'étais bluffée. À peine plus âgée que moi lorsque j'avais eu Raphaël, elle paraissait si sûre d'elle. Préparer son corps, le dominer.
Tout ce que je n'avais pas fait !
Je m'étais tellement laissé déborder par mes émotions que je n'avais même pas assisté aux cours d'accouchement sans douleur. La raison officielle était que le bébé avait quinze jours d'avance, mais la raison secrète était que je refusais d'accoucher naturellement. Je ne faisais aucune confiance à leurs cours. Sans douleur, sans douleur... Ce que je voulais, c'était des certitudes, pas des demi-teintes. La péridurale, ça, c'était la tranquillité assurée. Et même avec cette anesthésie, j'avais réussi à avoir mal. Alors, cette petite bonne femme qui allait mettre au monde un enfant qui n'était pas le sien forçait mon admiration et mon respect.

Il était temps maintenant d'attaquer le cœur du sujet.
- Comment décide-t-on un jour de devenir *surrogate*?
Je n'étais pas très originale. On avait dû lui demander cela des centaines de fois. Elle sourit.

- Ça fait longtemps que je m'intéresse à la *surrogacy*. J'ai eu la chance d'avoir trois enfants et de former une belle famille. C'est ce qui a le plus d'importance dans une vie et je suis très triste de savoir que certaines personnes en sont privées. Avoir un enfant devrait faire partie des droits fondamentaux. Tout le monde devrait pouvoir en avoir. J'y réfléchis depuis la naissance de mon grand. Vous voyez, ce n'est pas d'aujourd'hui. Je crois que c'est le bonheur qu'il nous a apporté, à mon mari et à moi, qui a déclenché cela. On peut vivre sans enfant, bien sûr, je ne juge personne, mais si on en veut un et qu'on ne peut pas l'avoir, c'est vraiment terrible. Je pense aux gens malades, stériles ou aux homosexuels, comme Raphaël et Maxime. Des couples qui s'aiment, qui ont envie de fonder une famille et qui ne le peuvent pas. C'est tellement injuste.

- Est-ce que vous aimez être enceinte au point de l'être pour les autres?

- Non, non, vous ne comprenez pas. Cela n'a rien à voir. Être enceinte ne me dérange pas, bien sûr, sinon je ne pourrais pas le faire, mais je n'adore pas cela non plus. Il faut bien être enceinte pour faire un bébé, n'est-ce pas ? Lorsque ma sœur a eu du mal à tomber enceinte, j'ai eu envie de l'aider et j'ai pris la décision de devenir *surrogate*.

- Et votre mari, que pense-t-il de tout cela? Ça doit quand même lui faire drôle que vous soyez enceinte... de quelqu'un d'autre?
- Bon, si vous le présentez comme cela, oui, ça fait drôle. Mais nous, nous ne le voyons pas sous cet angle. Bien sûr, nous en avons parlé ensemble. Au début, il a été étonné que je veuille le faire. Mais nous avons eu des femmes autour de nous qui ne pouvaient pas avoir d'enfants et il a vu quelle souffrance c'était pour elles. Je crois qu'aujourd'hui, il est plutôt fier de moi.
- Quand on lui pose la question, il dit toujours : « Son corps ne m'appartient pas ». Il est content de jouer à l'homme parfait devant les autres, ça le rassure. Quand vous le rencontrerez, n'oubliez pas de le valoriser un peu ! Il adore cela.

Elle riait comme une gamine qui raconte une blague. C'était rassurant de l'entendre parler de tous ces sujets si controversés avec autant de décontraction et de naturel. Je ne pus m'empêcher de le lui faire remarquer.

- Je comprends ce que vous voulez dire. Mais ici, aux USA nous n'avons pas du tout le même regard sur la *surrogacy* que vous, en France. Chez vous, c'est interdit, donc tout se passe en cachette. Il y a beaucoup de préjugés, de non-dits et de *fake news*. C'est pour faire peur aux gens, pour éviter qu'ils ne se lancent là-dedans. Ici aussi, il y a des opposants, bien sûr, mais c'est une pratique légale, alors ils s'expriment moins et les *surrogate* ne font pas la une des magazines... enfin pas souvent.

Quand je repensais à toutes les questions sournoises que l'on me posait, je me disais qu'ils avaient bien de la chance, ces Américains!

- Justement, à propos de préjugés, j'aimerais que vous m'expliquiez ce que vous ressentez pour le bébé que vous portez? Quelles différences faites-vous entre Diego et vos trois autres enfants?

- Comme je vous l'ai dit, je suis bien préparée. Une sorte de conditionnement, si vous préférez. Dans ma tête et dans mon corps, je sais que ce n'est pas mon

enfant. Mais comme c'est la première fois, je suis un peu en observation.
Dès le début de ma grossesse, j'ai compris que ce serait différent des trois autres. Disons que je me sens plus comme une nourrice, une baby-sitter que comme une mère. Je porte l'enfant de Raphaël et de Maxime et j'en prends soin. Ils comptent sur moi et je suis responsable de lui et même si on ne peut jamais être sûre d'une grossesse, je fais de mon mieux.
Je fais encore plus attention à ma santé et à mon alimentation que durant mes autres grossesses. Mais je ne ressens pas *d'affect*.

- Aviez-vous des préférences quant au couple pour lequel vous alliez porter un enfant?
- Non, aucune. Ce n'est pas à moi de juger qui peut avoir un enfant et qui ne le peut pas. Un homme ou une femme seule, un couple homme-femme ou un couple homo, vraiment, rien ne m'aurait dérangée. Tout le monde a le droit d'être parent à partir du moment où il y a de l'amour. Et quand on se lance dans cette procédure, croyez-moi, il faut beaucoup d'amour.

Le petit sur ses genoux commençait à donner des signes de réveil. Nous devions conclure cette conversation. Je relisais rapidement mes questions pour savoir si je n'avais rien oublié de primordial.

- Permettez-moi une dernière question. Comment envisagez-vous l'après-naissance? Allez-vous rester dans la vie de Diego ou allez-vous disparaitre ?

- Pour cela aussi, je suis conditionnée. Mais c'est quand même un peu l'inconnu. J'ai toujours dit que je me plierai aux désirs des parents. S'ils veulent que je reste, je resterai. Je serai la tata, la bonne amie... C'est aux parents de décider comment ils vont m'appeler. J'accepterai le rôle qu'ils me donneront. Raphaël et Maxime veulent que le petit Diego me connaisse. Je suis d'accord avec cela.
L'inconnu dont je parlais, c'est par rapport à mes enfants. Le grand, il a compris et je crois même qu'il s'en fiche un peu. Mais je ne sais pas comment vont réagir les petits. Et ma famille, c'est ma priorité. Au-delà de tout le reste. Je respecterai leurs décisions. Alors, je ne peux pas me prononcer maintenant. On verra après la naissance. On n'a plus beaucoup de temps à attendre. Un petit mois à peine. J'ai

vraiment l'impression que ce petit Diego est très pressé de sortir.
Et vous, au fait, êtes-vous prête à être grand-mère?
Oh, mon bébé... tu as bien dormi? Bravo!
Bon, je crois que je vais vous laisser maintenant. Il ne parait pas comme cela, mais c'est une véritable tornade, celui-là. J'espère que vous avez toutes vos réponses. Je suis très fière de faire partie de votre histoire, vous savez. Si ça peut aider à casser un peu les préjugés, alors tant mieux...
- Oui, je l'espère vraiment. Merci beaucoup Olivia. On se voit très vite. Bon courage à vous pour l'accouchement. Faites-nous un beau...
Je n'avais même pas eu le temps de finir ma phrase. Elle avait raccroché ou bien était-ce son fils qui avait appuyé sur le bouton?

Tout cela me laissait bien songeuse. Oui, elle semblait très sûre d'elle et tout ce qu'elle disait faisait sens pour moi. Tout paraissait si naturel. Elle en avait de la chance de vivre dans une société où il n'y avait ni insultes ni mépris à l'égard de ceux qui ne rentrent pas dans le moule prédéfini des convenances.

J'avais trouvé intéressante sa théorie sur le droit à l'enfant. Cependant, elle n'était pas une militante, elle était simplement une jeune femme déterminée qui mettait sa petite pierre à l'édifice de l'égalité des chances.
Sans violence, et sans révolution. Juste avec amour.

Tout à coup, je repensais à ce qu'elle avait dit, à la fin de l'entretien. Elle avait l'impression que Diego était pressé de sortir. Cela voulait-il dire qu'il allait avoir de l'avance?

Et moi qui n'étais pas encore préparée à mon futur statut. Décidément, mère ou grand-mère, j'avais un réel problème de timing. Peut-être parce que je ne comprenais que ce qui était concret ?
Après tout, j'étais devenue mère à la maternité et j'allais sûrement devenir grand-mère quand ce bébé se blottirait contre moi.

La boucle serait bouclée. Bientôt, très bientôt

Depuis deux ans, chaque fois que nous franchissons une étape cruciale, nous nous disons : « Cette fois, nous sommes dans la dernière ligne droite. »
Mais il y a toujours un « mais » qui vient nous refroidir et nous rappeler que notre combat n'est pas encore gagné. Non, cette procédure n'est décidément pas simple ! Nous avons tenu, accrochés l'un à l'autre, contre vents et marées, pleurant parfois, mais nous n'avons jamais désespéré. Notre parcours n'a pas été rectiligne et nous avons dû nous adapter à ses méandres, accueillant chaque bonne nouvelle comme un signe du destin. Nous sommes tellement fiers d'être arrivés à la fin de ce projet qui va maintenant devenir une réalité, notre réalité.

Les derniers jours de préparatifs sont passés très vite. Surtout ne rien oublier. Claudia, la sœur de Max, nous a aidés à faire la liste. Les mères ont tenu à choisir les vêtements du bébé. Tout le monde y a mis son grain de sel.

Bref, nous ne savions plus où donner de la tête entre conseils et recommandations, et nous n'avions qu'une idée :
Nous retrouver enfin seuls.

Tous les documents de voyage étaient en règle. Les États-Unis n'ayant toujours pas ouvert leurs frontières, il nous fallait des autorisations spéciales, plus de soixante-dix pages, pour avoir le droit de partir.
Un bisou à maman qui avait tenu à nous accompagner. Évidemment, elle n'a pas pu retenir la larme qui perlait au coin de ses yeux.
- Ah non, pas de larmes ! C'est presque fini maintenant. Dans quelques semaines, tu seras enfin grand-mère.
Elle a souri, bravement, et nous a laissés partir.
Cette fois, nous y étions vraiment, dans cette fameuse « dernière ligne droite » !
L'employée de la compagnie observe nos documents et se plonge dans son ordinateur.
- Il y a un problème. Je ne vous trouve pas dans la base de l'ambassade. Maxime, oui, mais Raphaël, non.

- Mais nous avons toutes les autorisations, ce n'est pas possible, il y a une erreur. Nous allons chercher notre bébé. Notre *surrogate* dit qu'il est prêt à sortir. S'il vous plait, vérifiez encore, vous ne pouvez pas nous faire cela.

- Je suis vraiment désolée pour vous. Je ne peux rien de plus. Les papiers ne suffisent pas. Mais ne vous inquiétez pas, c'est seulement une erreur, ça va s'arranger. Votre bébé va vous attendre. Je vais reporter gratuitement vos billets pour mercredi. Ça vous laisse deux jours pour régler ce problème. Allez, courage! Tout ira bien, vous verrez.
Personne suivante?

Et voilà! Refoulés au comptoir. Même dans les pires scénarios, nous n'avions pas imaginé une telle chute. Nous avons repris nos bagages, et nous sommes rentrés, la mort dans l'âme.
Le lendemain était un jour férié : impossible de joindre l'ambassade. Nous ne devions pas craquer. Ce n'était qu'un petit contretemps, nous avions toutes les autorisations nécessaires, il suffisait que quelqu'un lise nos mails et intervienne sur le site officiel. Nous étions si près du but!

Deux jours plus tard, plus tendus et moins souriants que la première fois, nous voilà de retour devant le guichet de la compagnie. Nous n'osions pas nous regarder, de peur de craquer.
L'employée recherche sur son ordinateur et nous rend les papiers :
- Non, désolée, vous n'y êtes toujours pas. On ne peut rien faire.
- Mais ce n'est pas possible, vous n'allez pas nous laisser comme cela. S'il vous plait, dites-nous comment contacter l'ambassade. Il faut juste que quelqu'un rectifie cette erreur.

Les Américains peuvent être très procéduriers, mais ils sont également très humains. L'employée semblait vraiment affectée de nous voir aussi désemparés.
- Je vous comprends. Vous devez partir accueillir votre bébé. Écoutez, il y a des officiers des douanes, trois femmes, qui se promènent un peu partout dans l'aéroport. Elles seules peuvent contacter l'ambassade et régler votre problème. Nous ne devons jamais communiquer leur position. Mais, je ne peux pas vous abandonner comme cela, vous me

faites trop de peine ! Alors, allez au terminal 2E et vous les trouverez. Ne dites pas que c'est moi qui vous envoie et tâchez d'être persuasifs. Je vous préviens, elles ne se laissent pas aborder facilement. C'est votre dernière chance. Courage, les gars !

Et nous voilà partis en direction du Terminal 2E. Effectivement, les trois mastodontes en uniforme marine n'avaient rien qui inspirait la bienveillance. Mais elles étaient les seules à pouvoir nous aider. Il fallait tenter le tout pour le tout.

- Excusez-nous, mesdames.
- Reculez ! Que faites-vous là ?
- C'est vous que nous venons voir. Nous avons tous les papiers pour embarquer, mais il y a un problème dans la base de l'ambassade et mon nom n'y figure pas.
- Si vous n'y êtes pas, vous ne partez pas, c'est tout. Allez, circulez, ne restez pas ici.
- Nous sommes les parents d'intention d'un bébé qui va naître très bientôt. Si nous ne sommes pas là, l'état le récupèrera. Ça fait deux ans que nous nous battons pour ce moment, ça ne peut pas se terminer comme cela, s'il vous plait, aidez-nous.

L'officier des douanes nous regarde, une lueur d'humanité dans les yeux. Elle prend nos documents.

- *Surrogacy* ? Bon, je vais voir ce que je peux faire. Ne bougez pas d'ici.

Elle disparait avec nos papiers. Le temps semble si long. Et si nous étions tombés sur une de ces farouches opposantes à la GPA ? Nous étions entre ses mains. Les nôtres étaient soudées à faire mal.

Les minutes passent, on l'entend discuter au téléphone. C'est interminable.

Et puis, c'est le miracle. Elle revient d'un pas guilleret, le sourire aux lèvres et nous rend les documents :

- C'est bon. C'était une erreur. Ils s'excusent du désagrément. Ils ont rectifié. Vous allez pouvoir embarquer. Je suis contente pour vous. Vous allez arriver à temps pour votre bébé. C'est merveilleux.

Les larmes que nous avions retenues se sont mises à dévaler sur nos joues.

- C'est vrai? Vous êtes sûre? On peut partir?

- Oui, c’est sûr! Allez, filez maintenant ou je vais pleurer aussi! Tout va bien se passer, vous verrez. Vous avez l’air d’être de bons gars et vous serez de bons papas. Je suis très heureuse d’avoir pu vous aider.

Pour un peu, on se serait embrassé ! Nous n’avons pas demandé notre reste et nous avons traversé l’aéroport en sens inverse. Dès qu'elle nous a aperçus, l'employée de la compagnie nous a appelés. Comme si elle nous guettait.

À notre sourire, et notre visage plein de larmes, elle a tout de suite compris que nous avions réussi.

- C’est bon, Raphaël, vous y êtes. Je suis tellement contente pour vous. Vraiment ! Ça y est, vous pouvez souffler. Dans quelques heures vous serez à Chicago. Tout ira bien. Ce bébé doit savoir à quel point vous l’aimez, il va vous attendre, c’est sûr.

Je crois qu’on aurait pu l’embrasser, elle aussi, et avec elle, tout le personnel de la compagnie, visiblement au courant de nos déboires. Ils nous souriaient, nous faisaient de petits signes amicaux, nous félicitaient, c’était si fou !

Lorsque nous nous sommes enfin assis dans l'avion, nous nous sommes regardés et nous sommes tombés dans les bras l'un de l'autre, épuisés, mais heureux :

Ça y est, nous y sommes, maintenant « dans la dernière ligne droite ».

À chaque rebondissement, mon cœur s'emballait. Même si j'avais pris l'habitude de vivre dans « l'extra-ordinarité », j'avoue que, cette fois-ci, je me serais bien contentée d'un banal *happy end*.

Décidément, ces deux-là ne faisaient pas dans la dentelle. Imaginer que Diego allait peut-être naître seul, là-bas à Chicago, m'avait glacé le sang. J'avais beau me répéter que tout allait bien se passer, j'avais eu du mal à rester sereine.
Je n'avais repris ma respiration que lorsque je les avais vus, confortablement installés dans leur joli appartement américain. À leur arrivée, ils l'avaient décoré exactement comme celui de Paris. Les photos, leur blason, ils avaient pensé à tout pour qu'à leur retour, Diego ne soit pas perturbé par le changement d'environnement.

Impatients d'accueillir leur bébé, ils ne songeaient déjà plus à leurs récents déboires. J'admirais leur capacité à oublier systématiquement les problèmes dès qu'ils étaient résolus. Ils n'avaient qu'une hâte, rencontrer Olivia, poser leurs mains sur son ventre et dire à leur fils : « Voilà, nous sommes là, tu peux sortir quand tu veux. On ne bouge plus. On t'attend ».

Mais la vie n'avait pas encore fini de malmener leurs cœurs. Olivia était stressée et peu coopérative. Elle avait ses cours, ses enfants et n'avait que peu de temps à leur accorder. Elle était fatiguée et avait envie d'en terminer avec cette grossesse. Nous les femmes, nous pouvions comprendre ces sautes d'humeur. « Les hormones, bien sûr ». Et nous savions aussi à quel point les derniers jours étaient compliqués, pour nous et pour les autres. Mais les garçons étaient si tristes. Ils s'étaient battus pour arriver en temps et en heure. Ils habitaient à quelques kilomètres de leur bébé et ils ne pouvaient ni le toucher ni lui parler.

Mon cœur de mère saignait, m'empêchant de vivre sereinement, mais, une fois de plus, ils en avaient pris leur parti. Il fallait la laisser libre, ne pas l'étouffer et ne pas la brusquer. Ils commencèrent à s'organiser. Chicago était le rêve de jeunesse de Max, alors ils allaient en profiter. Les *Bulls* n'avaient qu'à bien se tenir, mes deux gars n'allaient plus manquer un seul de leurs matchs !

Depuis le début de la grossesse, nous avions constitué un groupe de discussion intitulé « *grands-parents* ». Ainsi, les informations étaient-elles diffusées, simultanément, à tout le monde. Même si, en temps normal, je préférais des messages plus personnels, il fallait bien reconnaitre que, pour cette occasion, c'était très pratique.

Ils n'étaient partis que depuis une semaine et, un matin, au réveil, un message entouré de cœurs rouges arriva sur le groupe.
« Nous sommes à l'hôpital, Olivia a des contractions régulières. C'est pour aujourd'hui. »
Voilà, le « long travail » venait de débuter pour elle. Pour nous, commençait l'attente, les yeux rivés sur l'écran de nos portables
De temps en temps, nous envoyions, un message d'encouragement. Mary, moins patiente que moi - je découvrais par la même occasion que c'était possible- faisait quelques appels du pied :

“*And now, how are things going?*”

La journée s’écoula sans plus de détails. Le soir, je me décidai à prévenir ma sœur et mes nièces sur le groupe « *famille* » :
« Accouchement en cours. Ça ne saurait tarder maintenant. »
Accrochées à leur téléphone, elles tentaient de me distraire. C’était long, trop long et ils étaient loin. Enfin, vers vingt et une heures, un message, comme un espoir de délivrance :
« Ouverture à dix centimètres »
Je me détendis.
Les messages fusaient, tout le monde applaudissait. On y était. Encore un effort et Diego entrerait dans nos familles.
Depuis le début de l’accouchement, j'avais remarqué que c’était Max qui écrivait et je n’avais plus aucune nouvelle de Raph. Je le savais très émotif, et capable de s’évanouir à la moindre goutte de sang. Je l’imaginais donc, avec attendrissement, au bord du coma.
J’écrivis sur le groupe « *famille* » :

« Ouverture à dix centimètres ... À votre avis, ça peut prendre combien de temps, maintenant ? »
Mes nièces répondirent immédiatement :
« Dix centimètres, c'est presque la fin. Ça va être rapide. Dix, quinze minutes, tout au plus. »

Mais les minutes défilaient et rien ne bougeait. Une heure, deux heures.
Mon Dieu, il s'était passé quelque chose, il devrait déjà être là.
Les deux groupes étaient devenus silencieux. Même Mary n'intervenait plus. Vingt-deux heures, un message de Max :
« On voit la tête. Tout va bien. »
Et immédiatement après :
« Mais il ne veut pas sortir. »

Qu'est-ce que ça veut dire : « il ne veut pas sortir ? »
Il n'était pas encore né et il commençait déjà à faire des siennes ! Cela faisait trois bonnes heures qu'il aurait dû montrer son nez.
Je transmis l'information au reste de la famille. Le silence qui suivit fut éloquent.

À vingt-trois heures, c'est-à-dire au bout d'une éternité, le téléphone se mit à vibrer. Une photo de Raph tenant Diego en « peau à peau » apparut enfin. Immédiatement après, une deuxième avec les deux papas, souriants, mais terriblement émus.
Je laissai enfin couler mes larmes.
Je n'étais sûrement pas la seule, mais cela, les écrans ne le révélaient pas.
Cette fois, ça y était, le petit Diego venait de s'installer au creux de nos vies et cette nuit interminable venait de me faire changer de statut.

Je n'étais plus une mère, j'étais devenue une grand-mère.

Diego est là, dans nos bras. Tellement parfait. Si rond, si doux. Quand il pleure, nous sommes là. Quand il a faim, nous sommes là. Nous nous penchons sur lui et lui, il nous regarde avec des yeux si étonnés qu'on pourrait presque croire qu'il nous voit. Nous l'avions tant rêvé, cet enfant, mais jamais, nous n'avions envisagé le bouleversement qu'il allait provoquer dans nos vies.

Après l'accouchement, Olivia s'est retirée dans sa chambre, épuisée. Nous, nous sommes partis dans la nôtre, avec Diego. Le personnel a été adorable. Pourtant, on nous avait prévenus que tout ne serait peut-être pas simple. En effet, nous étions le premier couple en *surrogacy* à accoucher dans cet hôpital et nous devions en informer, au préalable, les médecins et les infirmières. Chacun pouvait se rétracter si cette pratique choquait ses convictions. Mais ils sont restés, et ils ont été si gentils, faisant attention à Diego encore plus qu'aux autres nouveau-nés ! Nous étions comme dans un cocon.

Le moment le plus magique a été la séance photo traditionnelle. Olivia était présente. La photographe a eu un temps d'arrêt quand elle nous a vus tous les trois avec le bébé. Nous lui avons raconté notre histoire. Elle s'est mise à pleurer et a laissé parler son émotion sur les fabuleux clichés qu'elle a réalisés.

Une fois de plus, les messages sont parvenus par centaines. Les amis, la famille, tous fidèles au poste comme à chaque étape de ce processus, depuis un an. Nous sommes tellement heureux que cet enfant arrive dans un environnement si bienveillant.
Une fois remise sur pied, Olivia est venue nous voir. Nous lui avons proposé de donner un biberon à Diego. Elle a accepté, sans enthousiasme. Elle nous l'a rendu très vite. Je suppose que cela doit être difficile pour elle, mais elle n'exprime rien. Elle verrouille si bien ses sentiments qu'elle en devient froide et distante. Nous aurions bien voulu que Diego ressente un peu plus de chaleur de sa part, pour que la séparation soit moins brutale, mais nous ne pouvions pas la forcer.
Le lendemain, avant de quitter l'hôpital, elle est passée, en coup de vent, nous dire au revoir et a déposé un léger baiser sur le front de Diego.

À ce moment-là, nous avons commencé à envisager que la famille dont nous rêvions n'existerait peut-être jamais.

Mais rien ne pouvait entamer notre bonheur. Nous allions lui accorder du temps. C'était nouveau pour elle aussi et peut-être ressentait-elle des émotions qu'elle n'avait pas prévues. Elle nous avait offert un merveilleux bébé, elle avait bien le droit de prendre ses marques. Nous lui faisions totalement confiance.
Une semaine après la naissance, nous avons enfin reçu un appel. Olivia voulait passer nous voir pour apporter à Diego le lait qu'elle avait tiré. Elle était reposée et souriante. Elle a pris Diego dans ses bras et lui a donné le biberon tendrement. Pas comme une mère, mais comme une tata, une bonne fée. Nous étions les plus heureux des papas.
Bien sûr, nous avons annoncé la naissance de Diego à notre cher docteur D. Il nous a répondu presque immédiatement. Un message joyeux et plein de bonnes ondes. Nous l'avons remercié de nous avoir offert la chance d'être parents dans les meilleures conditions possibles. C'est vrai que c'est fou de penser à cela. Tout a marché du premier coup, grâce

à ses compétences, et grâce à Olivia. Nous leur en sommes tellement reconnaissants.

Pour couronner le tout, nous avons aussi eu envie de contacter Joy, notre donneuse d'ovocytes. Elle avait accepté de rester en contact avec nous, mais nous ne savions pas si elle voulait ou non connaitre le résultat de son don.
Quand elle a reçu notre mail, elle a immédiatement répondu et a demandé à voir le bébé en *visio*. Elle était ravie, le trouvant *« absolutly amazing »*.
« Il me ressemble, c'est incroyable ! Regardez, on a les mêmes joues », a-t-elle précisé en gonflant les siennes.
Elle était très heureuse pour nous et nous a souhaité beaucoup de bonheur.
« Une rencontre, un de ces jours, aux États-Unis ou en France? Oui, pourquoi pas, sait-on jamais ! »

Nous sommes rassurés. Et fiers aussi, car nous avons fait le bon choix. Les deux femmes qui nous ont permis de donner naissance à Diego sont réellement des personnes extra-ordinaires.

Epilogue

Et nous voilà à la fin de notre belle histoire.
Diego fait désormais partie de notre famille et porte même notre nom, pour la plus grande fierté de Patrick, tout ému d'être enfin devenu le papi qu'il n'espérait plus être.
Lorsqu'il a découvert ce tout petit bébé de quelques jours, il n'a pu retenir ses larmes. Il a serré son fils dans ses bras et lui a dit :
« Merci de nous avoir fait ce beau cadeau. Il est tellement magnifique. En plus, il te ressemble, c'est incroyable. Vous avez la même bouche en cœur. »

Les parents de Max sont très heureux également, mais beaucoup moins impressionnés que nous. Ils sont déjà deux fois grands-parents et ne comptent pas s'arrêter en si bon chemin :
« Bon, il faut penser à la fille, maintenant, il y a trop de garçons dans cette famille ! »

Se retrouver à Chicago, tous ensemble, a été une magnifique expérience et je suis très heureuse d'avoir été la première femme à bercer Diego. Lorsqu'il s'est blotti contre mon cou et que j'ai senti sa respiration chaude et saccadée, j'ai retrouvé les mêmes sensations qu'avec Raphaël et surtout le même instinct de louve protectrice, prête à bondir sur celui qui s'attaquerait à lui.

Il est désormais là, si innocent, souriant aux anges et à la vie, ignorant encore quel combat ses parents ont mené pour lui et je ne me lasse pas de l'admirer.
Ce bébé n'est ni de ma chair ni de mon sang mais il est définitivement de mon cœur.
Je ne sais toujours pas quelle grand-mère je vais être pour lui et j'ai encore le temps d'y réfléchir.
Cependant, je crains de ne pas pouvoir être une grand-mère comme les autres. Tout simplement, parce que j'ai envie de lui insuffler la joie de vivre et le goût de la liberté et que cela ne se fera certainement pas dans la demi-mesure.

Bien sûr, je participerai à son éducation, en lui donnant des règles de conduite et de vie. Il le faut bien ! Mais je lui apprendrai aussi le principe de plaisir. Comme Patrick l'a fait avec Raphaël.

Après tout, j'ai bien mérité de m'amuser un peu avec mon petit-fils.
Et lorsque nous serons pris en faute, tous les deux, je lui ferai un clin d'œil, pour le rassurer :
« Ne t'inquiète pas, p'ti cœur, on recommencera dès que possible et cette fois, on essaiera de ne pas se faire prendre ! »

Quoi ? Vous ne trouvez pas cela *normal* pour une grand-mère ?
Vous avez raison, mais vous savez, dans cette famille, on a décidément beaucoup de mal à savoir ce qui est *normal* !

Remerciements

Mes premières pensées vont à mes parents qui auraient été si heureux de connaître leur arrière-petit-fils.

Merci à eux de m'avoir donné une vie digne des meilleurs romans.

Merci à mes deux garçons de l'avoir, à ce point, pimentée.

Merci à tous ceux qui m'ont patiemment supportée durant les douze mois de cette *fabrication*. Sans vous, j'aurais sans doute abandonné.

Merci particulièrement à Anne, et à Claire qui m'ont toujours encouragée et épaulée.

Merci à Isabelle, Ida et Bruno pour leurs précieuses corrections et leurs remarques bienveillantes.

Merci à Nathalie pour la réalisation de la couverture.

Merci à Carol et Michel de s'être prêtés, de bonne grâce, au jeu des confidences pour donner corps à mes personnages.

Merci à Romain et Benjamin, mes deux fils, pour toutes ces belles soirées lecture et pour leur éternelle positivité.

Et, bien sûr, merci à mon petit Diego d'être entré dans nos vies.

C'est pour lui que je veux désormais me battre.

Du même auteur

Octobre rose, un cancer et après ? Nouvelle autobiographique, BOD, 2020

Jdisça, jdis rien, 55 jours au temps d'un virus, chroniques, BOD, 2020

Blog personnel : https://voguelagalère.fr.